# 那年夏天，在你心上

*I am Yours Now*

袁晞 著

# 01

我們學校有個很知名的頂樓。

那個頂樓曾經在二十幾年前某部超紅的校園電影裡出現過，是女主向男主告白的經典場景。

但它之所以知名，並不完全因為那部電影，畢竟那也是二十年前的事了。我們的頂樓到現在還很知名的主要理由，是因為它自帶一個很了不起、但我覺得比較像是唬爛的傳說。

——聽說，只要在冬至這天到頂樓上跟喜歡的人告白，就一定能順利交往。

很唬爛對吧。

我就問一句，要是冬至那天校草被綁架上頂樓，然後全校女生都輪流跑去跟他告白，那請問校草要跟誰交往？

是不是？什麼鳥傳說。

雖然稍微思考一下就知道這絕對是唬爛，但大家仍然樂此不疲。因此，在冬至這天，校方索性直接鎖上通往頂樓的樓梯，省得麻煩。不過，或許正因如此，大家更覺得那傳說是真的了。

還有人在網路上流傳，頂樓被鎖，是因為有個很帥的數學老師在頂樓被女學生告白，收了情書後交往，兩人的事鬧到督學那裡去，給學校添麻煩了，才讓學校下定決心鎖上頂樓。

最好是。

真相絕對是人面獸心的邪惡狼師向無知純情女學生伸出魔爪，不要以為用愛情故事包裝我就會被騙！

聽完我的話，薛雅鈞哈哈大笑。

「笑屁。」我哼了一聲。

薛雅鈞看著我，「妳根本是因為上學期跟俞立寒告白被拒絕，才會開始這麼憤世嫉俗吧。」

中箭，可惡。

跟俞立寒告白失敗沒什麼好後悔的，反正全校女生也沒人成功過，我不過就是長江裡的一朵浪花罷了，馬上就被其他趕著去送死的浪花蓋過。跟他告白被拒的女生名字總數，早晚有天能超越DC憲法花園裡的越戰紀念碑。唉總之多我一個不多，少我一個不少。回想起當時的自己，除了失心瘋之外真的想不到其他形容，只能說這就是青春嘛，人生嘛，少女心嘛。

但是，跟俞立寒告白失敗，而且還被薛雅鈞這個討厭鬼知道，那又是另一回事了。

我瞇起眼，「你幹嘛老提那件事。」

他似笑非笑，「難得有把柄落在我手上，不好好利用那真是愧對良心了。」

「不要講得好像你有良心一樣。」

他挑眉，「我沒良心？我要是沒良心妳早就補考數學了。」

可惡，忘了我不止一個把柄在他手上。

薛雅鈞看著我，笑了笑。

「話說回來，妳這人真是愈大愈扭曲，小時候明明很可愛的啊。該不會是因為失戀所以……」

「我哪時失戀了？怎麼我自己都不知道？」我狠狠瞪他一眼。

「跟俞立寒告白失敗不算失戀？那算什麼？」薛雅鈞一臉「好啊那妳就解釋

看看」。

我哼了聲，「那當然不算失戀，那個只能叫『告白失敗』，這可是青春成長的必經過程，是人生寶貴歷練的一種。」

「還真敢講。」薛雅鈞冷道，「我怎麼覺得妳根本是強詞奪理。」

「哪裡強詞哪裡奪理了？我再說最後一次，當時是因為鬼迷心竅啊，很難懂嗎？誰沒有犯傻的時候？我現在也很感嘆自己那時為什麼這麼年少無知，唉不過這就是成長啊，年輕人終究是年輕人嘛。」

「……算了，我認輸，徹底認輸。這麼多年來，跟妳說話我從來沒贏過。」他趴在護欄上，伸出右手，比了一下我們視線前方那棟樓。「欸，妳說的『傳說中的頂樓』就是那裡？」

「嗯啊。」一陣熱呼呼的風吹來，我把幾縷細碎的髮絲塞回耳後，看著薛雅鈞。「都在這間學校念了這麼久的書，到現在才來關心頂樓傳說，未免太詭異了。難不成薛同學你最近才知道我們頂樓很有名？」

薛雅鈞笑笑。

「高一的時候是有聽過，但印象並不深，所以啊，現在才特來請教我們家柴柴。」

我推他一把，「就跟你說我是貓派了！」

這人真是欠揍。

因為姓柴，很自然地就被同學們暱稱為柴柴，雖然柴柴很可愛沒錯，但本人完全是貓派。只不過，為了在班上好好生存，我平常都很順從地接受同學這樣叫我。我已經很非主流了，如果還老是跟班上同學計較，最後鐵定被孤立，我可不想舊事重演又來一次。

「話說回來……妳已經不喜歡俞立寒了？」薛雅鈞忽問。

「嗯啊。那個真的只是一時興起。」都這麼熟了，也不怕說實話。

而且現在的我，其實滿腦子都是泡泡生病的事。自從泡泡腎衰竭之後，每天要幫牠皮下注射，過程真的很折磨，看泡泡喵得那麼可憐，比直接在我心上扎針還難受，這陣子我每天都哭，誰還有心情去想什麼失不失戀喜不喜歡的。

他一臉不解，「才不過是上學期的事……」

「你不知道我是個凡事向前看的人嗎？」都往事了現在這重要嗎。「你今天幹嘛一直提他啊？」

我懂了，你是不是喜歡上人家俞同學，想先排除情敵？是的話就去告白，我一定支持你，好讓他的告白紀念碑上不只有女生（說不定早就有男生了）！

「好奇嘛。」他說。

「有什麼好好奇的？而且之前都不好奇，過了幾個月才突然跑來八卦，你這個人怪怪的。」

薛雅鈞戳了我一下，「我是怕妳還沒走出情傷，才一直忍著不提不問不關心的。」

「還真貼心。」我哼了哼。

那個真的真的是失誤。

上學期是因為不小心覺得本校校草俞立寒同學好像真的頗有姿色，不小心發現他身材是我喜歡的比例，又不小心跟他眼神交會時誤中電波，這才一不小心鑄下大錯。

但其實，事發至今，我覺得真正的錯誤並不在於跟俞立寒告白被拒（應該說這是很合理的結果），真正的錯誤在於我壓根兒不該告訴薛雅鈞這件事。我怎麼就這麼不小心呢？唉。

回到一樓的時候，薛雅鈞忽地把手掛在我肩上，好哥兒們似的。

「我說柴同學——有件事跟妳打個商量。妳可不可以不要再幫別的女生拿情書給我？」

「不可以。」

薛雅鈞瞪著我，收回手。「欸妳。」

「怎樣？現在我已經有公定價了，送一次情書給你收特大仙草茶一杯，要是就這麼順了你的意，那我平常喝什麼？」

其實是因為這樣其他女生才不會誤會我跟薛雅鈞的關係，要不然早晚被排擠。

「西北風我覺得是個不錯的選擇，妳要不要考慮一下？」

「嫌命長啊你。」

「好啦好啦，身為好朋友我不會讓妳吃虧，最多以後仙草茶我請，這樣不就好了。」薛雅鈞無奈地說。

我瞄他一眼，「問題是，我不幫人家送，你收到的情書也不會少啊，真的要寫給你，多的是辦法吧，那還不如繼續便宜我。」

「妳可不可以不要這麼一針見血。」他更無奈了。

我聳聳肩，「試過，但很難。」

薛雅鈞搖搖頭，「真是服了妳。喂，說真的。」他注視著我。

「嗯？」

「我們認識到現在十年以上了，雖然並不是一路同班，但絕對算得上青梅竹馬。」

「然後？」

「有件事雖然國中時我曾經懷疑過，但苦無證據。」

現在是有什麼命案嗎？還苦無證據。

「你能不能一次講完？」我白他一眼。

薛雅鈞想了想，彷彿在思考該如何表達，過了好一會兒，他才終於開口：

「其實我很好奇，妳國中的時候是不是喜歡過我？」

「奇怪了你幹嘛那麼好奇？」

「這問題在我心裡很久很久了。」

我不耐煩地瞪他一眼，「那你要嘛早點問，要嘛就繼續不問，現在問是要幹嘛？」

「所以說，妳國中的時候到底是不是喜歡我？」薛雅鈞語氣相當認真。

這傢伙一向很會死纏爛打，我要是不爽快招認，一定沒完沒了。再說，都已經事過境遷，也沒什麼不能說的……

我看著一臉期待答案的薛雅鈞，放棄似的點點頭。

「嗯。」

「『嗯』是什麼意思？」

你傻逼嗎？

「『嗯』就是肯定的意思啊。」我在內心，不，現實中翻著白眼。

薛雅鈞微微抬高下頦。

「喔……原來……果然。」

「你這表情真的非常非常欠揍。」我冷冷看著薛雅鈞，「好啦，那現在你想知道的也知道了，我可以回教室收書包回家了吧。今天可是結業式耶，我還有事要忙。」

真心希望泡泡這次的檢驗報告數字好一點，我也知道腎衰竭不可能康復，但至少至少別再惡化了……

薛雅鈞又拉住我，「等等等等。」

命運交響曲啊你。

「又幹嘛。」

他放開我，雙手抱胸，偏著頭。
「再回答我一個問題，等等請妳吃787滋大郎豬血糕。」
我想了想，看看手錶，確實，這時候去獸醫院也沒用，正是中午休息時間。
還沒考慮完，薛雅鈞就自動加碼。
他比了個三字。
我確認，「三支？」
「三支。而且保證香菜加量。」
呿，你又不是老闆，說加量就加量。
不過三支撒滿香菜和花生粉的豬血糕，哇，光是想就覺得興奮嗯哈哈哈。
薛雅鈞邊笑邊瞄我。
「……你那什麼表情？啊不是要問問題？」
「這問題有點深奧，不如我們在去買豬血糕的路上慢慢聊吧。」

□

「妳吃慢點，我不會跟妳搶。」薛雅鈞無奈地看著我左右手一支豬血糕，還幫我拎著第三支。

「不是你會不會搶的問題，」我白他一眼，「重點是放久就不好吃了，香菜會軟掉，花生粉會變黏。」我把竹籤折斷包進塑膠袋裡，「好啦，你要問什麼？都花錢請客了，看來是很重要的問題啊。」

「喔，那個啊。」薛雅鈞想了想，「我是想知道，既然妳國中時喜歡我，那為什麼沒跟我告白？」

我翻翻白眼，「連這你都想知道？」

「好奇啊。」

「……當然是覺得會被你打槍所以才沒講的啊。」

那時我的校園生活很失敗才是主要的理由，但我不是很想回想起那時的事，於是回答了次要的理由。但確實如此，我真心認為九成九會被薛雅鈞拒絕。

畢竟薛雅鈞跟俞立寒等級差不多，都是那種漫畫型男主角，身為他長年的「情書轉交手」，我比任何人都清楚有多少競爭者。

「妳怎麼知道我一定會打槍妳？」薛雅鈞又問。

「啊你後來不是跟那個什麼晴在一起嗎？可見得我沒機會啊。」

他皺眉道：「妳那是事後論，說不定妳跟我告白之後，我會選妳而不是丁綵晴。」

我瞪他一眼，「我幹嘛要被你拿去跟丁綵晴做比較？」

這種毫無勝算的比較只會讓人很幹而已。

「那後來……」他彷彿在考慮措詞。

「後來什麼？」

「後來妳就沒告白了。」

我真是白眼狂翻。

「薛同學，我要是有告白，那現在還需要回答你問題嗎？不是告白當下就一了百了了？」

就像我跟姓俞的一樣，十，不，一分鐘內就爽快斷念別再相見。

可惡，一想到姓俞的就不悅，大大不悅。

就算我不是美少女，就算他每天都要聽到一堆告白，也用不著超不耐煩地一秒拒絕吧。我這輩子永遠都忘不了俞立寒那時冷漠的表情，還有他那句「說完了嗎？說完妳可以走了」。

薛雅鈞將第三支豬血糕遞給我，「那我再問妳。國中時候喜歡我但沒告白——那，現在呢？」

「現在？」

「現在，是不是還喜歡我？」

我差點沒因竹籤捅進喉嚨而死。

「你，你剛剛說什麼？」

薛雅鈞聳聳肩，「就好奇啊，那妳現在還喜歡我嗎？」

「薛同學你看看，我從剛剛到現在，在你面前，花了不到十五分鐘就吃完三支豬血糕，雖然這樣說連我自己都覺得很傷感，但有哪個女生會在喜歡的男生面前這樣不顧形象？這件事告訴我們，我對你早就沒feel了，懂嗎？而且你有這麼健忘嗎？我上學期才跑去跟別人告白耶。這事還是剛剛你自己提起的，薛同學。」

薛雅鈞雙手抱胸。

「妳國中時候雖然喜歡我，也還是沒形象。妳那時每次來我家吃飯都要吃個兩三碗，這我印象很深。至於俞立寒的事……妳自己說了，那是一時鬼迷心竅，反正我也知道，還沒有什麼女生看到他會不暈船的。妳會一時想不開，那也可以理解，青春期少女犯個傻嘛，只是小錯誤，我可以略過不計。」

我懶得跟他說，於是隨便回道：「還真是思慮周全大人大量喔。」

他不置可否，扁扁嘴，沒說話。

我靈光一閃，故意開他玩笑。「那換我問你。」

「嗯？」

「如果我從國中到現在都還喜歡你，而且你也知道了，那你有什麼打算？」

薛雅鈞毫不猶豫，拉起我的手。「那不是很好嗎？就在一起啊。」

「呿，你是怕被我打才這樣講吧。」我甩開他。

「我認真的。」他看著我，正經八百。「就像我說的，那不是很好嗎？」

「哪裡好了？」

他皺眉，等我說理由。

「這還不簡單，我是不相信分手之後還能當好朋友啦。」我說。

到時還不尷尬死。

「……妳怕沒了愛情，也沒了友情，是嗎？」

「跟我相處久了你也變聰明了呢。」我站起身，順順裙子。「好了，我真的要走了，你呢？還不回去？」

薛雅鈞沒起身，只是抬頭看著我。

「……所以，妳現在不喜歡我。」

真是無言。算了不能怪別人，是我自己無聊主動提問的，只能恨自己。

我把手放在他肩上，希望他能感受到「充分的友情」。

「孩子，今天謝謝你的豬血糕。」

「……」

「最後一個問題。」

「你問你問。」

快點問完我要去拿檢驗報告了啦，而且還準備了優質好片等著抒解一下最近抑鬱的心情，本姑娘好不容易找到了艾爾．帕西諾的名作《熱天午後》，你不要來亂！

薛雅鈞也起身，伸個懶腰後才開口。

「後來，為什麼不喜歡我了？」

你今天到底是怎麼了？

國中時的些許回憶極淡地浮現，差不多就像鉛筆淡彩素描那樣成為一幅幅風景明信片，雖然仍清晰可見，但已經感覺不太到什麼情緒了。

「嗯？」他等著我回答。

我聳聳肩，「一定要說的話，就是慢慢變淡了。你後來交了女朋友，那時還要準備升學，就這樣好一陣子很少聯絡，不是嗎？再怎麼樣，對一個有女朋友的男生死心，這很合理吧。」

他思考了幾秒，「果然是因為丁綵晴嗎？」

「你這結論有點怪，我對丁綵晴本人持很正面的評價喔。重點是，你就有女朋友了，不管那女生是誰，我都不會沒事一直去找你啊。」

我看著他，覺得這人今天真的是吃錯藥了。

薛雅鈞點點頭，「避嫌，我懂。也是啦，妳確實不是那種『一直主動靠過來然後造成別人感情困擾後再裝無辜說你女朋友是不是誤會了』的女生。」

媽啊。

「你這形容詞也太長了吧。」都變子句了根本。

薛雅鈞大笑，「妳完全抓錯重點了。」

「但我聽完的第一時間就是這樣想——這形容真是有夠長。」

「言歸正傳。」他收起笑，「總之，基於種種因素……妳對我的感覺……就這樣慢慢變淡了，對吧？」

你今天到底在糾結什麼啦。

「我說鈞鈞啊，」這是他在家的小名，我伸手勾住他的肩。「我們像現在這樣當朋友不是很好嗎？」

「妳現在這發言完全就叫『打槍』。」他冷冷看我一眼，「應該留到我跟妳告白的時候再這樣回。」

「也是。但反正你一輩子也不可能跟我告白啊。而且我的重點是，當時沒跟你告白其實我也沒後悔嘛。」

薛雅鈞一臉氣結，「沒告白也沒後悔……柴彥珊妳真是殺人不見血耶。」

「什麼意思？」

「……」

他擺擺手，幾秒後，神情稍稍和緩了些，揚起一抹若有似無的淺笑，沒再開口。

走出小公園時，薛雅鈞替我把垃圾拿去丟，我看著他的背影，發現自己還真的想不起來，當年到底怎麼喜歡上他，只知道那感覺已經消散得無影無蹤……

一面想著，我一面從裙子口袋裡掏出濕紙巾，打算遞給他。

這時，時常在這座公園裡出現的肥肥三色貓從公園的矮牆上以略嫌笨拙的姿態跳下，天氣很熱，蟬鳴不斷，不遠處的花圃裡淡紅色四時春盛開，天空裡沒有雲，藍得很純粹，總之，再怎麼看，都是一個還不錯但平凡無比的夏日午後。

「走吧。」

薛雅鈞走向我，接過濕紙巾後說了聲謝謝。

「要不要我送妳回去？」

我揮揮手，「不用了，我要先去獸醫院拿泡泡的報告。」

「我陪妳去？」

「不用了啦，」我說，「我還得跟獸醫討論接下來的治療方針呢，你先回去吧。」

薛雅鈞點點頭，「有什麼情況再跟我說。」

「嗯，Bye。」

「Bye。」

我們一起走出公園後分開，我往獸醫院的方向走去。

一路上我沒多想，聽著耳機裡的音樂，讓腦袋放空休息。

只是，「再怎麼看，都是一個還不錯但平凡無比的夏日午後」的想法很快就被證明——嗯，結果，並不是。

拿著醫生開的降磷藥和檢驗報告，我漫無目的地走在街上。

——報告的數值很不理想，畢竟泡泡是高齡貓了，身體所有機能都老化……而且心包囊積液的部分，要做穿刺引流的話，麻醉風險很高，很怕無法代謝，或是在過程中就休克。白話一點說，也許……麻醉後就醒不過來了。

我想，妳應該要做好心理準備。

心理準備？你是說心理準備？

泡泡在我們家的日子，比我還資深。我到現在也不過只活了十七年，而牠，在爸跟媽剛結婚時，就成為我們家的一員了。泡泡不是寵物，是家人，是我從小到大的伙伴，尤其在爸媽離婚後，我完全依賴著泡泡作為我的精神支柱。雖然理性上知道一定會有跟泡泡分別的一天，但我真的真的一點都不願去思考，去面對。

我只知道，我不要泡泡死，我不要。

我一邊伸手抹去淚水，一邊大口吸氣，不讓自己哭出聲音。

爸媽離婚時我沒哭，媽一個人跑去國外時我也沒哭，爸要再婚時我更沒哭，但現在……

我手裡緊緊抓著泡泡的報告和藥袋，一時間竟然不太確定自己到底身在何處。我怔怔地看著眼前路口的紅綠燈，一片茫然。

不知道過了多久，我意識到自己又回到學校附近的小公園，我坐在中午跟薛雅鈞一起坐過的長椅上，呆呆看著眼前的一切。

眼睛發脹，有些疼痛，淚水這種東西相當不受控，到現在還沒停。雖然理智上知道應該要早點回家陪泡泡，但不知為何，我卻動不了。

……如、如果真如醫生說的，要我做好心理準備……那麼……其實如今對泡泡採取那麼多醫療手段，讓牠那麼辛苦，真的是為牠好嗎？但如果不治療，那麼……

想到這裡，我終於再也控制不了，哭出聲音來。

沒辦法，就算知道公園裡應該還有其他人，就算知道有很多同學會經過這裡，但現在誰還管得了這麼多。希望沒人注意到我，希望大家繼續保持冷漠，千萬不要有人過來關心我。

……不行，我得找人說說話。

我噙著淚，從書包裡翻出手機，想打給薛雅鈞，但就在這時，手機螢幕顯示媽媽的FaceTime語音來電。我用力抹了抹臉，吸吸鼻子，才滑動接起。

「喂喂，珊珊啊，妳放學了吧？台灣那邊幾點啊？」媽媽聲音聽起來非常輕快爽朗，心情似乎很好。「妳今天結業式對吧？嘿嘿，別說媽媽不關心妳，妳看媽媽都有記得妳從今天開始放暑假了唷。」

我沒說話。一是因為我還不太能以正常的聲音講話，二是因為在這個瞬間聽到媽媽熱情開朗的聲音，我真的一時間腦中一片空白，不知如何反應。

「喂喂，珊珊，妳有在聽嗎？」

我非常努力地擠出一個字，「有。」

「是嗎，那就好，妳都沒說話媽媽還以為電話沒接通呢，呵呵。」媽媽繼續說道：「這個嘛，媽媽最近一直在想，妳要不要乾脆來英國留學？媽媽現在收入很不錯，馬上就要自創品牌，在Hackney買房——」

「媽！」我不知道自己怎麼了，但很確定此時真的沒心情聽她聊這些。我想告訴她泡泡的事，泡泡就快不行的事，可是一開口，我又開始哽咽，沒辦法好好說出完整句子了。「……我……跟妳說……」

媽媽聽到我的聲音，馬上明白。「是不是泡泡的情況惡化了？」

我點點頭，用手背拭淚。

「醫、醫生說……真的真的要做心理準備了。如果要麻醉……引、引流……可能在過程中，就會直接走了……」我使勁吸了一口氣，「我很……害怕……真的很怕……也許……是最後……最後的日子了……」

就這樣，我斷斷續續語無倫次地說著。什麼最後的日子，什麼風險很高，什麼BUN數值超高，紅血球又嚴重不足的。重點是，我真的不知道該怎麼走下去，到底要不要積極治療。

動物跟人不一樣。

人知道忍耐醫療過程，是為了能康復；但牠們無法理解，只覺得痛苦害怕。

媽媽默默聽著，中間什麼也沒說，一直等到我說完後，她才深深地嘆口氣，說她知道了。

真的是很淡很淡的語氣。

雖然媽媽本來就是很淡然很灑脫的個性，她離開我們那麼多年，我當然也明白泡泡對她來說不過就是很多年前曾經養過的寵物貓，早就沒什麼感情，說不定連樣子都不太記得了，但此時的我還是忍不住有點生氣。

雖然明白，但仍然無法克制。

但奇妙的是，剛剛那種悲傷感，似乎被怒氣沖淡了些。

□

結束通話後，我終於停止哭泣。

雖然視線還是有點模糊，但再怎樣有個人慢慢走近，站到我面前，還是會注意到的。糟糕，果然還是引起不必要的騷動了，說好的冷漠疏離現代社會呢？大家真的可以視而不見，真的。

當然，對方不可能聽到我內心的呼喊，又靜靜地移動兩步。

我深呼吸幾口，打算在對方開口關心時以平靜淡定的表情對應，但是……

眼前的人影在某個莫名其妙的距離停住了。

真的是莫名其妙的距離，那距離如果要跟我說話有點遠；但若不是想靠近我，反而這距離又太近了，真的很莫名其妙。我揉揉眼睛，抬頭前注意到對方的運動鞋和制服長褲。

原來是我們學校的男生。

也好，至少不是什麼多管閒事的奇怪路人，可能只是因為看到同校女生在公開場合痛哭，基於同校情誼還是道義什麼的，就停下來看看。

但，這位同學只是站在原地，沒有說話。

他可能不太確定我到底是不是處於需要關心的狀態吧。

「嗯咳。」

我清了清喉嚨，鎮定心情，抬起頭，打算請這位好心的同學——

滾、遠、一、點！

不是開玩笑，看到眼前人的瞬間，我真的差點這樣脫口而出。

誰不好遇到，怎麼會遇到他？！

剎那間上學期滿是羞恥的回憶陡然跟著我的血壓猛然暴衝上腦，根本不用想就知道我的臉應該在半秒內就完全轉換成腦中風般的深紫紅色。

俞立寒還是那副死人臉。

就算我是史上最自戀的人，也絕不至於誤會帶著那種神情的人會好心跑來安慰我。天哪，你到底是怎麼練出完敗溫室效應的面癱表情啊？萬般俊俏，但那雙鳳眼透出的目光溫度足以重啟冰河時期，讓所有恐龍再次滅絕。

他默不吭聲，一手插在褲袋裡，另一手抓著背包肩帶，像是看到什麼猥瑣噁心畫面似地眉頭深鎖。那眼神都讓我開始懷疑自己是不是做出了像是把對完但沒中獎的發票捐出去，還是在馬路上故意推了老婆婆一把之類的壞事。

但這還不是最糟最糟的部分。

真的讓我很想死的理由是，在此情此景此刻，我腦中竟然還浮現一絲「就算死人臉也還是好帥」的念頭。

柴彥珊，妳剛剛還哭得要死要活，現在一見到這傢伙沒幾秒就被美色影響，妳還有沒有點矜持，還有沒有一點尊嚴，妳根本上愧對天地下愧對泡泡啊妳！

幾秒後，我注意到他目光飄動，瞥向長椅，於是本能地把泡泡的藥袋和檢驗報告往裙子底下塞，想用裙襬擋住。

俞立寒略略瞇眼，仍舊一言不發，只是換上另一種帶有確認意味的面癱。望著他的臉，我忽然心中浮起一個念頭：啊，真了不起，我今天真是開了眼界長了見識，原來面癱還可以再細分出不同層次不同風格，失敬失敬。

雖然在現實世界裡不過幾秒，但所謂的思緒早已不知百轉千迴上山下海繞了地球三圈又回來了。

我下意識地瞪著俞立寒，同時浮現好幾個念頭：

原來你看到同學哭會停下來看看、

你算是有同情心呢還是想看好戲、

其實上學期會跟他告白實在很合理，因為就連現在我都還是被他的「美貌」震懾住，不過，最強烈的念頭是——這裡沒什麼好看的，你可以走了。

但……

好安靜。

這公園裡的蟲鳴鳥叫似乎全都停下。

連本來隨時都該有的輕風拂過樹枝的沙沙聲也像被抽取走般完全消失。

在如此安靜的情況下，我聽到了自己的心跳。

嗯，很大聲，絕對是因為剛剛哭得太激動，絕對是這樣。

俞立寒還是一動不動。

白瓷般細緻無瑕的臉龐，總是帶著一抹冷傲和難以捉摸的鳳眼，俊朗的眉，形狀飽滿完美的雙唇，以及我活到現在看過角度最完美的高挺鼻梁，配上精雕細琢的輪廓……

真是看一次讚嘆一次。也是，要是沒這張臉，還能有越戰，不，告白紀念碑上的那片人名嗎？總不可能因為他那實在找不出優點的個性吧。

——不對，這不是重點。

此時此刻我在這兒亂想什麼呢？

真是瘋了。

時間流動。

聲音又重新回到這世界。

我終於明白為什麼常常用「希臘神話雕像般的美男子」來形容帥哥，因為眼前這位帥哥真的就像雕像般一動不動。

不是，你這是腳麻了嗎？被點穴了嗎？你到底傻站在這兒要幹嘛啊？

我知道你沒有要安慰我，因為你根本沒開口，連眼神都還是冷得要死；那你是要看好戲？我哭都哭完了，路人可以停止圍觀了慢走不送。

而他，還是像個人形立牌似的，動都不動。

來人哪把他搬走（大誤）。

——啊啊！我明白了。

就在想到那個「走」字時，我完全想通、理解、明白了。

俞立寒——

在等我走。

是的，沒錯，他在等這張長椅。

雖然不知道為什麼，但他需要這張長椅，他等著我離開，好接近長椅。

媽啊你早說嘛。

我揉揉鼻子，一手抄起藥袋和報告，一手拎起書包，起身，想說趕緊把長椅讓給俞立寒，但沒想到坐太久，腳麻，一個沒站穩，直接往前摔——

這可不行，我要是受了傷，誰來照顧泡泡，總不能把泡泡送去老爸家吧？

一直以來，我都是思緒比行動敏捷的人（對啦對啦就是所謂的手眼不協調這樣可以了吧），因此，雖然知道最好別就這樣摔個狗吃屎，但仍然沒來得及控制自己的身體。

只是不知道為什麼，我並沒有一如預期地臉著地，而是停在一個微妙的高度。有人抓住我，沒讓我直接吃土。

俞立寒的臉色難看到極點。

雖然感謝，但一看到他的表情，我真心想開口嗆他：

沒人逼你救我，你可以不要救我，面、癱、王！

他眉頭深鎖，跟我眼神交會不到一秒，他就像看到什麼恐怖畫面似的，鬆手轉頭，一氣呵成。

算了。我沒心思多想，只是立即彎腰把剛剛落下的藥袋和報告撿起來，重新揹好書包。我用眼角餘光瞥了眼俞立寒，想了想，還是說了句謝謝（只不過沒看著他就是了）。

嗯，我應該算得上是有禮貌的孩子。畢竟能對面癱臭臉綜合症末期患者說出謝謝，我父母應該很有資格跟大家宣傳，他們的家庭教育很成功吧。

我這麼想著，很快地離開小公園，準備回家。

□

「我回來囉～」

我一面鎖上家門，一面跟泡泡打招呼。雖然語氣輕鬆，但只要一想到有一天泡泡將不再等我回家，心裡就疼痛到不行。

以前泡泡都會在我進門時晃著尾巴，走過來蹭蹭我，但自從生病後，體力衰減，近來都只是在原地窩著，以小而微弱的喵聲回應我。

這樣的改變，總是讓我感到無比酸楚。

今天泡泡也只是稍稍抬起頭，喵了一聲。

我走向泡泡的貓床，伸手輕輕揉著牠的小額頭。

泡泡最喜歡這樣了。牠發出非常微弱的呼嚕聲。

——我想，妳應該要做好心理準備。

心理準備，是嗎？

等我梳洗完換好衣服，看到爸傳訊來，問我要不要去樓下吃飯。

——不用了，我要在家看電影。

——那要不要拿點吃的上去給妳？

——哎呀不用不用，我會叫外送。

然後爸傳了個「讚」的貼圖作結。

其實爸真的不用這麼辛苦，每天照三餐問候我。

在他再婚前我們就說好了，反正還是住在同棟大樓，只是樓層不同，有事自然會聯絡，根本不必朝夕問候（簡單說，沒消息就是好消息）。而且重點是，他真的不必覺得欠了我什麼。換個角度想，我們分開住後，我一個人擁有超大空間，自由自在，只要能把課業和日常生活維持在跟以前一樣的水準，爸就不會多嘮叨，這種互不干涉的生活其實很舒服，這樣的距離也是。

之前爸很擔心我是不是因為無法接受新媽媽，才不想跟他們一起住，他完全想多了，我只是比原定計畫提早一點獨立而已；反正等滿了十八、上了大學，就得獨立生活，他決定再婚，只是讓獨立計畫提早執行罷了。事實上，我並不討厭新媽媽，反倒對她印象不錯，她不是那種笑裡藏刀的假面女，這點真的是大大加分。

仔細想想，我那風流老爸好像都喜歡這種爽朗型的女性，我媽是，新媽媽也是，看來他的喜好始終如一。

另一方面，他當年跟現在都是奉子成婚，這點也倒是完全沒變。

——在幹嘛？

電影快演完時，收到了薛雅鈞的訊息。

我放下披薩盒，擦擦手，滑開手機。

——看電影啊。怎？

——有事找妳，FT？

——콜。

（＊콜，Call，此處指「好」、「OK」，「就這麼定了」之意，是韓國青少年用語。）

我才剛按下暫停鍵，畫面停在艾爾．帕西諾帶著著人質剛坐上車時，薛雅鈞就打來了。

「怎麼啦？」我問。

「妳最近跟俞立寒有什麼互動還是來往嗎？」他劈頭就問。

「什麼呀？沒頭沒尾的。」中午已經關心過我的情傷了，現在又來？

薛雅鈞語氣滿是疑問，「剛剛有人問我知不知道怎麼聯絡妳，我覺得很奇怪，對方說是俞立寒要他問的。」

下午不是才見過？難不成只因我坐了他心愛的長椅就要來尋仇吧？有沒有這麼小心眼。

「啊？他找我幹嘛？」

「我不知道，所以直接問妳。」
「但你這問法也很奇怪，如果我真有跟俞立寒來往，那他又何必多此一舉，要找人問我的聯絡方式，這不是很矛盾嗎？」
「對耶……」薛雅鈞語調忽地輕快起來，「我怎麼沒想到。」
因為你笨。
「那一定是詐騙啦，八成有人冒俞立寒之名，四處蒐集女生情報，薛同學你該不會傻傻被騙，真的把我的聯絡方式給別人了吧。」
他立刻否認，「當然沒有，我是那種人嗎？」
「你是。絕對是。」
「妳喔。」
「唉反正沒什麼大不了的，就是有人假借他的名義要騙個資啦，用不著大驚小怪。」
「但是，」薛雅鈞的口吻又變為嚴肅，「也不太對。來問我的人，是他的好朋友蔣鴻毅，蔣鴻毅不太可能做出這種用俞立寒名義騙個資的事吧。而且，騙妳的個資要幹嘛，妳又不漂亮。」
「謝謝喔。」算了，反正天天都在互相傷害，也不差這一次。「不過，不管是誰要來騙個資，為什麼我的事他們跑去問你啊？」

「妳真是太不關心我了，妳忘了嗎？高一時我和蔣鴻毅、俞立寒都是攝影社的。」

「這還是不能解釋為什麼蔣鴻毅要選擇跟你問我的聯絡方式，而不是去跟別人問。」我說。

「那當然是因為就連他都知道我們青梅竹馬兩小無猜同甘共苦風雨同路。」

我笑出聲，「你都不用換氣的喔。」

他也笑了，「那當然。」

「總之，你沒把我的資料給別人就好。」

薛雅鈞停了幾秒，「不過，妳不會好奇俞立寒為什麼要找妳嗎？」

「就跟你說不可能是他要找我。再說呢，我確實一點都不好奇。」今天都面對面好一會兒了，真有什麼事早就主動開口了吧。而且，要說他會記得告白紀念碑上其中一個女生，鬼才相信。最最重要的一點就是，我跟俞立寒真的沒什麼交集，絕不可能有事需要聯絡。

「唔……看來妳真的不喜歡他了。」

「就今天來看我愛的是艾爾．帕西諾，晚一點會是提摩西．夏勒梅。」我順手看了一下片單，「如果你好奇的話，我可以預先透露明天我愛的會是湯姆・希德斯頓還有沙・魯克・罕——無論如何總而言之，都不會是那位面癱王。」

「那我就放心了。」不知為何他笑得很開心。

結束通話後，我窩在沙發上盯著螢幕。

泡泡也跟我一起窩著，我伸手輕撫牠的背，明顯感受到牠愈來愈瘦了。當我的手離開牠的身體時，大叢灰毛跟著落下。牠睡得很熟，鼻頭微微顫動。

奇怪了，為什麼一點都沒有開始放暑假的感覺。

那種興奮感和解脫感完全不存在。

既沒有想做的事，也沒有想去的地方，更沒有因為可以擺脫同學和師長而鬆一口氣，連耍廢都興趣缺缺。

我的人生並不是沒經歷過什麼分別。

還沒上小學，爸媽就分手，媽媽到國外發展去了，雖然不開心了一段時間，但不知道算是早熟還是有慧根的我，很快就發現，爸跟媽離婚之後，兩個人的心情和精神都好很多，這麼一來，當然也就比較有心情善待我。所以，我很快就接受而且打從心裡同意，他們分手真的對大家都比較好。

沒有媽媽在身邊會不會寂寞呢？

多少會，但我有泡泡。而且那時爺爺奶奶家的DVD出租店還沒關，我的童年就是在DVD堆和泡泡的陪伴下度過。別說寂寞，簡直就是異常充實。

啊，還有薛雅鈞。

我唯一的人類朋友。

我每次都這樣說，他每次聽到也都一臉不悅。

想到他今天的樣子就覺得好笑。那麼執著於國中的事不知道要幹嘛。只能說是人都有好奇心吧。不過，有件小事我並沒有告訴薛雅鈞，不知道算是錯過了該說的時機，還是自己覺得不重要，也就沒什麼好說的。

當我知道我唯一的人類朋友交了女友後，就識相地退開了。

當然沒他在有點無聊，但我認為這樣很好，我跟薛雅鈞又不是連體嬰，連兄妹都不是，本就不該天天綁在一起。不過，上高中後，不知怎的我們又開始回復雙人組狀態，一開始也有很多女生以為我跟薛雅鈞是男女朋友，沒想到反倒是早就跟薛雅鈞分手的丁綵晴替我們澄清（嚴格來說是替我），這點真的很謝謝她。

泡泡喵了一聲，牠想跳下沙發，之前牠已經沒辦法在落地時站穩，於是我一看到牠想下來，便直接把泡泡抱下沙發。

這過程沒幾秒，但泡泡就在這幾秒內失禁了。

「泡泡沒事喔，我們擦擦身體喔。」

還好家裡現在幾乎都鋪了尿布墊。至於我自己，洗個澡洗個衣服就好。

泡泡無力地喵了聲，尾巴顫了一下，像是覺得自責，也像在說抱歉。

我重重吐了口氣，緊緊抱住泡泡。「沒關係沒關係。」

□

幫泡泡擦乾淨身體後，我也去洗澡更衣，回到房間吹完頭髮，很神奇地發現平常不太互動的同班同學竟傳了好幾通訊息給我。

——抱歉，我剛在忙，找我有事嗎？

急著找我的是班上很受男生歡迎的甜美眼鏡娘蔡羿婷。但她既不是班上幹部，不會有學校的事要聯絡，平常跟我也沒有任何互動，蔡羿婷跟我別說關係好壞，更近似於只有同班同學這層關係。

而且同班兩年來，雖然有對方的聯絡方式，卻是第一次在班級群組以外聯絡，

這可真難得啊。

——喔妳很難找，我打Line給妳。

我還沒回傳OK，手機便已響起。

「喂，我是羿婷啦。」

「嗯嗯，找我什麼事？」

她語氣有點急促，「那個啊，妳今天下午是不是有去學校附近那個小公園？大概……嗯，兩點多快三點的時候？」

我呆了呆，「怎麼了嗎？」

「哎唷妳先回答有沒有嘛。」

聽起來好像有很要緊的事，我可不想得罪班上的人氣王，立刻乖乖配合回答：

「有，我今天去過小公園，還去了兩次，但第二次我不太記得是不是在兩點多的時候去的。」

該不會那裡出了什麼命案，正在找目擊證人什麼的？而且死者或兇手還很

有可能跟我們學校有地緣上的關係，或者根本就是本校師生？！哇哇，這下精采了，難不成《致命目擊》就要在真實生活中上演了嗎？

好啦好啦想也知道不可能，我亂想的。

「什麼嘛，竟然不記得。」

她說得並不大聲，但語氣其實很沒禮貌。雖然平常很少跟蔡羿婷打交道，但光聽她的口氣，就讓我有種「果然跟她保持距離不是壞事」「如果是長得不漂亮的女生這樣講話一定會被大家公審」的感觸。

「那個小公園發生什麼事了嗎？」想好好相處的心情瞬間消失後，我決定做自己就好。

她發出有點不屑的嗤笑聲，「有人在找今天下午兩點多在小公園的人，應該是妳啦。」

笑死了，如果我真是那時間去的，那不只我，俞立寒也在啊，怎麼不去找他？

「是喔。」算了，應該不關我的事。「反正我不記得我是幾點去那裡的，抱歉沒幫上妳的忙。」

「哇。」蔡羿婷誇張地喊了聲，「柴柴妳還真冷漠耶，妳都不想知道發生什麼事了嗎？」

如果真的是命案那警方會來問話，既然不是警方問話，那就不會是什麼大事，不是嗎？

「是沒有很好奇。我想大概是有人在小公園裡手機不見了想問問有沒有人看到什麼的。」

「那我問妳，妳在小公園時有見到俞立寒嗎？」

嘿。怎麼又是這個面癱王。

我不禁皺眉，「俞立寒？」

「對，俞立寒。有沒有見到他？」蔡羿婷的口吻再度變得急迫，「是不是剛好他也在？」

他是在場沒錯，他不但在場，還等著我把長椅讓給他，所以——他才是「本案關鍵」嗎？！

「有沒有嘛？！」蔡羿婷追問道。

「……有是有——」

「所以真的是妳！」

不是，我話還沒講完妳激動什麼啊。我要說的是：「有是有，但我真的不知道那時是幾點，也不知道他在那裡幹嘛，更不知道小公園裡發生了什麼事。」但蔡羿婷沒給我機會說清楚。

「那個……」我想到前不久薛雅鈞提到的事，突然覺得不太對勁。「我現在開始好奇，到底是發生什麼事了，下午的小公園怎麼了嗎？」

「那個啊，我也不知道啊，我還想聽妳說說是什麼事呢。」蔡羿婷說完這句，我聽到她忽然離開手機，跟她身邊的人吱吱喳喳，過了一會兒才回來。「柴柴，妳跟俞立寒……是不是有什麼特殊的連結啊？」

連、連結……

對不起但我真的瞬間想到奇怪的地方去，不禁脫口而出：「誰跟他連結啊！！！」

「啊哈哈，不好意思，是我用詞不當，我的意思是說，不對……等一下……所以，他一定沒有妳的聯絡方式對吧，才會讓他朋友找妳。」

愈聽愈不懂。「他當然沒有我的聯絡方式，怎麼會有？」

老實說，我之前甚至覺得俞立寒根本在我告白完後的下一秒就直接把我的卡片和手作告白禮物餵給垃圾桶，也就是說，他連看到我姓名、知道我是何許人的機會都沒有。

「我就說嘛。」蔡羿婷的聲音忽遠忽近，「那柴柴，妳知道俞立寒要找妳嗎？不會不知道吧？」

這問題要是認真回答會有點複雜，還會扯到蔣鴻毅跟薛雅鈞，於是我索性隨便敷衍。

「我根本就狀況外。」

這可沒騙人，我確實搞不清楚現在是什麼情況。

唯一能確定的，就是蔡羿婷的電話證明了蔣鴻毅並不是要來騙個資的！對不起蔣鴻毅，我竟然誤會你是變態、詐騙，真的很抱歉！

不過，俞立寒為什麼要找我？

別告訴我那個面癱王打算要來收長椅租金！

「但總之妳有跟俞立寒在小公園見面吧，這沒錯吧。」

「這……那不叫『見面』，應該叫『我看到他，他也看到我』這樣。」

奇怪了我幹嘛有問必答。不，不對，還是要客氣一點，得罪班上人氣美少女絕對不是什麼好事，還是別拿以後的校園生活開玩笑。

我忽然想到，補充：「對了，我跟俞立寒在小公園碰到不過一兩分鐘，之後我就走了，誰知道他後來在那公園待了多久，見了多少人，也就是說，他要找的人不見得是我。」

「喔……是這樣嗎……」蔡羿婷忽然失去耐心，「妳說妳跟他碰面沒多久妳就走了，那就奇怪了，可是，聽消息說，提到的是妳的名字。」

為什麼我愈聽愈糊塗？他不會被人發現「倒臥在小公園的血泊中」，然後我就成了那個「最後見過他、很可能看到兇手的人」？！不至於這麼歡樂（？）吧。

「等一下，俞立寒是在小公園出什麼事了嗎？」

「柴柴妳真的什麼都不知道耶！」蔡羿婷驚呼。

「……」我一開始不就說了嗎？！

「好啦，既然妳什麼都不知道，那問妳也沒用，沒事了，就這樣，Bye。」

「Bye什麼，妳先別——」

掛。

好吧。

我們有禮貌的蔡同學已經收了線。

就留我一個人看著手機，完全不知所以。

為什麼我有一種完全被排除在外的感覺？

而且還是被排除在自己的八卦之外。

如果是平常的我，一定會因為好奇而跟薛雅鈞聯絡，我們鈞鈞一向不但消息靈通，而且準確度超高（雖然我不知道他是怎麼做到的），但是，今天……

算了，晚點再說。

現在我真的沒什麼力氣。

我看了眼放在書桌上的藥袋，胸口一緊。

——就算面癱王真的跑來要長椅使用費也無所謂。

隨便吧，他愛怎樣就怎樣。

立寒

我坐在書桌前，拿出相機裡的記憶卡，插入讀卡機後，電腦螢幕馬上就顯示了資料夾。打開今天拍的照片，一如預想，在大螢幕上看來，那個女孩子的照片相當震撼。

不知該說是這台相機的色調調得好，還是她的表情太有戲劇張力，那幾張連拍的效果非常出色。

雖然這樣很過分。

那個女生明明哭得那麼傷心，而我所做是先拿起相機，按下快門。

我並不是沒有同情心的人，也確實打算上前看看她是否需要幫助，但是，當我看到她拿著那些診斷單和藥品時，我愣住了。雖然不可能看清細節，但那情景如此眼熟，我立刻就知道那是什麼情況，再加上她在通話時所說的那些內容（我並非有意偷聽，也沒聽到全部）……

那瞬間，我深刻意識到前幾秒的自己是多麼冷血。

竟然對一個身患絕症的女孩子做出這麼殘忍的事。

在看到她手上那些東西前，我想得很單純：我，路過那座小公園，尋找有沒有可供參加攝影比賽的素材，碰巧拍下那個女孩哭泣的樣子，想等她平靜之後，安慰她幾句，必要時提供幫助，然後再拜託她同意肖像授權，讓我用她的照片參賽。

但我萬萬沒想到，當我拍完照靠近她時，先是聽到那些「最後日子」、「醫生說要做好心理準備」的內容，之後又看到了像是檢查結果和藥品的東西，我再怎麼狼心狗肺喪盡天良泯滅人性，也不可能在這種時候還走過去，揚起笑臉問那女生「我剛剛拍了妳的照片，可以請妳同意授權給我參加比賽嗎」。

從另一個角度看，也許可以用一句「不知者不罪」來抹去這些道德上的譴責，但我過不了自己這一關。一是因為那個情景撕開了我的舊傷，二是因為我拍完照走近時，忽然認出那個本以為素未謀面的女孩子是誰。

她送給我的手摺紙星星，現在還在我書櫃上。

不是我自戀，但確實跟我告白的女孩子多不勝數，因此我也收到了數不清的禮物。雖然我至今沒答應過任何人的告白，而且這幾年已經連笑容都懶得給了，全都直接拒絕，免得造成不必要的誤會，但無論如何，我一定會好好看完信件或卡片，她們送的禮物我也會拆開，留個幾天再處理掉。老蔣每次都說我太狠心，又或者早晚要清掉，還拆開幹嘛，多此一舉，關於老蔣的評論，我只能說，那是我自己的一套流程，對自己和她們的一個交代；再說，我總不能為了這些東西去租個倉庫吧，又不是大明星。

不過，只有她的禮物是例外。

我不但留下來，還好好地保存著。

倒不是因為我喜歡她，而是另一個就算是死黨老蔣也不會懂的理由——那滿滿一罐的手摺星星，跟老媽留給我的一模一樣。

老媽走之前，每天都在病床上摺星星。

那時她的情況已經很糟，就連視力都所剩無幾，她看不了書，做不了其他事，只能憑著手感，不停摺著紙星星。

「媽媽小時候看過一部戲，裡面說，每一粒星星可保一天幸運平安。」她這麼說，蠟黃的臉上浮起溫柔的笑。

我本以為那是她在醫院太無聊，消磨時間，或是一種寄託，也以為她在為自己的病況祈求奇蹟。直到她彌留之際，我才知道，她之所以不停不停地摺星星，摺滿了幾十只玻璃罐，都是為了我。

——希望這些星星可以代替我，守護我們小立平安長大。

因此，當我拆開那個女孩的禮物，看到竟然是整罐的手摺星星時，完全驚呆了。手摺紙星星流行的年代，是老媽少女時期或更早的時候，現在竟然會有女孩子知道這種東西，還摺了一整罐，少說也有上千顆，簡直太不可思議了。

我還記得，當時我不自覺地呆呆望著那罐星星許久。有那麼幾秒，我真的以為那是老媽託她轉交給我的禮物。我都不知道原來自己有這麼幼稚感性的一面。

總之，我留下了那罐星星，以及那個女孩的卡片。

還首次因為冷漠拒絕告白而有點小後悔，我態度應該要好一點的。

雖然並不打算跟什麼人談戀愛，但我仍時常在想，她帶來一個美麗巧合。如果有機會，我也許不會跟她解釋這些外人難以理解的情緒，但我會謝謝她，謝謝她手摺的星星，讓我再度想起那些跟老媽有關的溫柔回憶。

只不過在這個機會來臨前，我就聽到了那些殘酷的內容。

——我不知道要怎麼面對……醫生說，要做好心理準備……

——原來死亡離我這麼近。

——麻醉風險太高……什麼也不能做……

我站起身，走向書櫃，將她送我的星星和卡片拿到面前。

我想見見她。

但我甚至無法理解自己為什麼會想見她。

沒有理由，而且也不知道見面之後要說什麼。

事實上，在一個身患絕症的人面前，安慰的言語只是虛無飄渺的空話。那樣的空話我在老媽生病時已經聽過太多，聽得都想反胃，好幾次想大吼你們全都給我閉嘴，不要假裝可以理解，理解個屁。

我打開卡片，看著她的署名。

柴彥珊。

# 03

今天早上幫泡泡皮下注射時很不順利，我被抓得滿手是血。

但這不重要，重要的是，我愈來愈不懂，這樣折磨下去，到底是為了什麼。

泡泡愈來愈害怕，愈來愈緊張，牠不明白我為什麼要這樣對待牠，也不明白為什麼食物裡總是有臭臭的藥味，牠總是不解地望著我，圓滾滾的大眼睛總是無聲問著為什麼。

「來了！我們柴柴最愛的培根蛋和大冰咖……」薛雅鈞端著早餐在我面前坐下，「……怎麼了？妳看起來下一秒就要開始哭了。」

我深深吸口氣，瞪他一眼。「誇張。」

這裡可是本校附近最受歡迎的早餐店，就算是暑假，還是有不少同學會出沒，再怎樣為了不要變成被恥笑標的，我都會忍住眼淚的好嗎。

我拿起三明治，咬了一口。「喂，你知道我今天為什麼約你吃早餐吧？」

「知道啊，妳想我了嘛。」他嘻皮笑臉，還伸手刮了一下我的臉。「笑一個。」

我真是懶得臭他，連抬手拂開都沒力氣。

天天這樣玩，你不膩嗎。

「廢話少說，我是要問你，昨天那是怎麼回事啊？」

「嗯？哪件事？」

「蔣鴻毅『疑似』要問我消息的事。」這形容好像有點怪，不過算了。

薛雅鈞喔了一聲，說道：「我後來確認過了，他不是要騙個資，好像是俞立寒真的想要找妳。」

「是喔。」我吞下一口三明治，還是不懂為什麼。「那他有說為什麼俞立寒要找我嗎？」

「他說得很含糊，」薛雅鈞一口早餐都沒動，狐疑地看著我。「昨天不是才說不好奇俞立寒為什麼要找妳，今天為什麼又好奇了？」

「當然是有原因的啊。」

我簡單說了蔡羿婷專程打電話來的事，最後還補了句：

「我愈想愈覺得奇怪，為什麼蔡羿婷也知道俞立寒要找我。」

薛雅鈞倒不意外，「因為她是俞立寒鐵粉之一吧，俞立寒一有風吹草動，蔡羿婷、詹恩儀那票人就會出現。」

真是了不起。

我同時感嘆兩件事，一是面癱王的人氣，二是薛雅鈞的八卦力。

「你的八卦能力真的很強耶。你以後別讀什麼法律系，去讀新聞系，當個舉世無雙所向披靡的狗仔吧。」我不是說笑，這是真心讚嘆。

「我沒跟妳開玩笑，不只俞立寒，就連他身邊兩個朋友蔣鴻毅和李承霖，也被列為重點觀察對象。」

服了服了。

「說了老半天，我還是不知道這一切到底在幹嘛。如今確定的只有那個面不，俞同學要找我，其他一概不知，我心裡也沒個底。」

「還說我老是看《拍案驚奇》太變態，妳自己講話還不是滿滿話本腔。」

「現在這是重點嗎？重點是，我一點都不想被面癱王的鐵粉關注，划不來嘛，我又不是還喜歡他。」

退一萬步說，就算我還喜歡他，那也不過就是長江浪花裡的一小朵，跟大家都一樣，沒理由針對我啊。

他倒是笑了，「重點怎麼會是這個，重點不應該是了解妳口中的面癱王找妳的原因嗎？」

「靴子！」

哇，多久沒聽到有人這樣叫薛雅鈞了。

一束人影來到我們身邊，是個黝黑精實的運動型男生，我對他的臉有點印象，應該也是我們學校的。

「老蔣，你也來吃早餐？」薛雅鈞笑笑回應。

所以這人是蔣鴻毅？！

也就是面癱王的近臣，不，好朋友。

「不是，我路過剛好看見你跟你女朋友，就進來找你。」蔣鴻毅轉頭向我一笑，厚唇拉開大大的笑容。「不好意思打擾你們約會，但我有事要借他一下，很快就好。」

「我不是他女——」朋友。我話還沒說完，蔣鴻毅就拉開椅子坐下。

他又對我一笑，「很快，兩句話，說完就走。」語畢，他轉頭對薛雅鈞說道：「你如果不想跟我直接說柴彥珊的聯絡方式，不然你告訴我去哪可以找到她，這樣也行。」

薛雅鈞看我一眼，我點點頭，希望他get到我的意思。

「我可以直接給你她的聯絡方式。但你得先告訴我，你們找柴柴要幹嘛。」

他說。

很好，多年默契還是有點用，沒誤會。

「喔——這個啊，」蔣鴻毅一派輕鬆，「好像就是立寒拍照時拍到她，要問她肖像授權的事吧，沒什麼大不了的。還以為同校同學應該很好找，你們也知道，但凡高中女生聽到立寒的名字還沒有不跳出來搶著見面的。結果沒想到這個女生這麼難找，真是奇葩。」

「就為了這個？」我忍不住插嘴——其實應該算不上插嘴，現在在講的可是我的事啊。

蔣鴻毅爽快點頭，「當然是這樣，不然還會有什麼理由。」

薛雅鈞壞心一笑，「你怎麼知道俞立寒不是喜歡上人家柴柴，然後想告白了？都拍了人家的照片呢，說不定呀，嘿嘿嘿。」

還套話？這人真是沒事找事。

「哎呀哪可能。雖然我沒看過那女生，但之前聽都沒聽過這個名字，一定不是什麼知名正妹，俞立寒是什麼人啊，昨天還有名校校花等著我們結業式後跟他告白，他哪可能看上什麼路人甲還是三流普妹什麼的。」

路人甲是吧，三流普妹是吧。

我喝了口大冰咖，從容不迫地點點頭，然後開口。

「說得是，說得好，說得沒錯，見解獨到，分析精闢。」

「對吧，妳也這麼想吧，靴子的女朋友。」蔣鴻毅像是找到知音般眼神一亮，笑得可熱情了，接著還伸出手，一臉想交個朋友。「妳好，我高一跟薛子同社團，我叫蔣鴻毅，妳叫什麼名字？也是我們學校的嗎？」

我扁著嘴冷笑，拿起手機起身，連什麼靴子女友的誤會都懶得解釋，只留了句：「告訴俞立寒，肖像權的事他死了這條心吧。」

「啊，什麼？」

蔣鴻毅也站了起來，但薛雅鈞一邊大笑一邊拉住他。

早餐店很吵，我聽不太清楚背後那兩個大男生後來說了些什麼，只覺得真是浪費了我好幾個小時的生命想一探究竟。奇怪了民俗月都還沒到，為什麼我已經開始時運低了，無端端被捲入這種破事中？竟然因為這種鳥事被面癱王的鐵粉盯上，根本就天大的笑話，太悲哀了。

走沒幾步，薛雅鈞就從後面追上我。

「還好妳腿短，走不快。」

「別惹我，我現在一肚子火。」

「好啦，別生氣了。現在不是很好嗎，才不到二十四小時就弄清楚到底發生了什麼事。再說妳也爽快拒絕了，那等於就告一段落，不必再煩心了。」

薛雅鈞的話是沒錯，嚴格來說我沒有什麼特別的損失，但為什麼我就是覺得很不爽呢？我現在都搞不清楚，到底是目前的情況比較討厭，還是面癱王要跟我索討長椅租借費比較討厭了。

我沒吭聲，又走了幾步，才轉身看他。

「你沒事跟著我跑過來幹嘛？」

薛雅鈞聳聳肩，「我本來沒打算要跟過來，是老蔣問說我不用去追女朋友嗎，我這才想說——」

「少來這套，誰跟你女朋友。」無不無聊啊你。

「我不好嗎？當我女朋友很委屈？」他挺起胸。

我瞟了他一眼，「大哥，我這陣子真沒心情開玩笑，而且還是老掉牙玩笑，你放過我吧，嗯？」

「欸，等等，妳要去哪？」

我舉起滿是傷痕的雙手，「藥局。好了，先這樣，Bye。」

「我陪妳去！」薛雅鈞往前一步，說道。

「不用了，我想一個人走一走，改天換我請你吃早餐吧。」我揮揮手，往路口走去。

「妳一個人小心點，大熱天的小心中暑，到家打給我啊。」

你怎麼比我媽還像我媽啊。「好好好，知道了，再聯絡再聯絡。」

□

離開藥局後我又晃到了小公園，這次我學聰明了，沒靠近長椅，而是去了涼亭。

我打開購物袋，拿出碘酒紗布透氣膠帶，但目光停留在泡泡要用的蝴蝶針和林格氏液上。

我其實不知道如何是好，還要繼續這樣折騰泡泡嗎？換作是我，都被宣布餘命沒多久了，我還會想接受令人痛苦的延命治療嗎？我知道我不會。但是，泡泡呢？我如果不再積極治療牠，是不是等於親手送牠去死？可是，這是個沒希望的療程，只是讓牠生理能再多撐一陣子罷了。

事實上，我還真不確定這些療程是否真能讓牠多撐一陣子。會不讓牠每天承受壓力，從而身體狀況更差？又或者只是讓泡泡連舒服安詳離開都不行。

我拿出手機時，被泡泡抓傷的手指破口還被袋口拉鍊刮了一下。真痛。

好在手機有語音輸入。科技啊。

「臨終關懷。」

不對，忘了加寵物兩個字。我正要重新輸入時，眼角餘光瞟到一束人影正走向涼亭。不會吧。

我拿著手機，抬頭，完全呆了。

這都能遇見？！

俞立寒來到我面前，緩緩在石桌對面坐下，仍然愁眉不展。

他以陰鬱的目光望向我，那眼神差點讓我產生是不是應該一死謝罪的內疚。

不是，我又沒做錯事，你這眼神是要幹嘛？別以為用這種表情攻擊我，我就會認輸屈服、答應授權什麼的，沒那麼容易。

他的視線投向我手機螢幕，我慌忙收起手機，但動作一快，手上的傷口又被刮了下。

俞立寒注視著我，沒有說話。

算了，我走，這涼亭也歸你，行了吧。

我微微起身，伸手要把石桌上的紗布什麼掃進袋裡，但沒想到俞立寒竟也同時身子前傾，然後越過桌面——

握住我的手。

我自問不是個怯於表達的人，也不是動不動就臉紅的類型，但是此時此刻的我，一說不出話，二完全感受到臉部在剎那間完全紅得像熟透章魚，渾身發燙。

俞、俞立寒……

為什麼……

拿到我對照片的授權有這麼重要嗎？

我想不到其他。

現實中可能只有一秒，但我卻覺得過了很久很久。

俞立寒的指尖一直都微微用力著，他的神情沒什麼變化，只彷彿多了一絲不知對什麼事物的肯定和確信。

我呆呆望著他。雖然明確知道自己應該正在思考著什麼，但有很濃重一層白霧覆蓋著我的思緒；更像是在平靜深海下掙扎的缺氧潛水者，從海面上只見到一片平靜無波。

後來，是他先開口。

「傷口，要消毒。」語氣仍然像是讀稿似的不帶任何情緒。

「啊？」我覺得自己的臉很可能已經開始抽搐，「你說什麼？」

他沒放開我的手，而是挪動身體，移到更靠近我的另一張石椅上。

直到這時才放開手。

我縮回手，既沒有生氣也不覺得開心，臉上的紅潮應該也開始慢慢消失，現在的我只是滿心疑惑。

現在到底是什麼情況？

你瘋了嗎？

我跟你很熟嗎？

你為什麼在拆我碘酒和紗布的包裝？

你剛剛幹嘛非禮（大誤）我？

你是不是認錯人了？

不，你認識我嗎？

一連串的問題讓我不知從何問起，好不容易要開口，但俞立寒再度抓住我的手，開始替我消毒。

我想起前陣子剛看過的《奇異博士》什麼瘋狂多元宇宙，我現在強烈懷疑我或者他其中一人是不是跑錯宇宙了，在另一個宇宙裡我跟他很可能交情不錯。

「請問……你現在是在？」

我其實不知道為什麼自己要用這句當開場白，但事實上這一連串的怪異事件也確實只能用這麼中性的句子作為引子。

「消毒。」他沒抬眼看我，只回了這麼兩個字。

我總算從驚嚇中恢復部分理智，「我看得出來你正在做什麼，我問的是你為什麼要這麼做。」

俞立寒仔細地替每個泡泡留下的小爪痕消毒，接著再貼上紗布。

但沒理我。

「哈囉？」

「先別吵。」俞立寒低低說了句。

聞言我想抽回手，但他也跟著使勁。

「別動。」他彷彿嘆了口氣，我不太確定，也許是我錯覺。

「不是，俞同學，你現在的行為——」

他打斷我，「左手。」

我終於能抽回右手，「你不會以為我會像狗一樣聽話吧？」

俞立寒這時才抬眼看我，「左手。」

「不要。」

他這次確確實實地嘆了氣。

「我只是要幫妳消毒包紮。」

「我看得出來你已經這麼做了，而且做得還不錯，但問題是為什麼。你為什麼要管我的閒事？」

他細長的鳳眼隨時都有說不盡的眼波流動，讓人無法移開視線，像是欲言又止，又像在挑選合適的文句。

「有沒有人跟妳說過，妳講話老氣橫秋的？」沒想到俞立寒最後說出口的竟是這一句。

「會用『老氣橫秋』這四個字的人才是真正的『老氣橫秋』。」我忍不住回道。

他沒表示意見，快而準地捉起我的左手，拉到他面前。

我不知道為什麼沒特別反抗，只是說道：「你這行為很異常，俞同學。」

「我知道。」他這次倒是答得很快。

那就是說，他自己也很清楚眼前的情況有夠莫名其妙。

「我也不是很清楚為什麼自己要這麼做。如果妳問我理由的話。」他忽道。

俞立寒把我的手翻來翻去，我這時清楚知道，自己現在既不臉紅也不心跳，就只是滿肚子問號。

「那我換個問法好了，你平常沒事在街上看到有人受傷就會上前關心幫忙，是這樣嗎？」

我不確定自己是不是眼花了，俞立寒沒回答，但似乎微微勾了下嘴角。

嗯，應該只是我眼花。

「不會。」他說，看著我一秒後垂下眼，彷彿想起什麼似的補了句：「大家不都說我是冷血動物嗎。」

原來面癱王有自知之明！

「果然還是為了肖像權的事，才對我另眼相看。」

「肖像權？喔。」他像是忽然明白了什麼，頓了一會兒，接著才點點頭。

「嗯，對，沒錯。」

很坦白，毫無懸念。

「拍完照才想到被拍的人可能會有意見，很奇怪。」

「就街頭速寫攝影而言，這部分確實不容易處理。」他口吻平淡，像被老師點名朗讀課文那樣。「只不過很多攝影的人都是這樣，想的都是要捕捉眼前的景象，而不是其他。這也就是為什麼會有攝影記者拍了瀕死兒童照片，但得獎後自殺。」

我脫口而出，「啊，《飢餓的蘇丹》。」

《飢餓的蘇丹》，The vulture and the little girl，直譯為「禿鷲與小女孩」。拍攝者是一名攝影記者卡特。畫面內容是一名瘦骨嶙峋、裸著身體的小女孩，奄奄一息在貧瘠蒼涼的大地上爬向食品發放中心。正當此時，一隻禿鷲落在小女孩身後，等待女孩的死亡，以便大快朵頤。

《飢餓的蘇丹》成名後，吸引很多人關注那小女孩的命運，但是《紐約時報》和卡特都不知道她的下落。當大眾得知卡特沒有援助她，就大加批評。最後卡特受不了眾人的攻訐，自殺而亡。

俞立寒停下手，第一次正眼注視著我，目光裡帶著一絲訝異。過了好一會兒，他才接話。

「這應該是我這幾年來第一次聽到有人提到那張照片。」

我沒回應，但確實想起了第一次看到那張照片時的震撼。

並不是第一時間就傷感落淚什麼的，反而是在一段時間後，再度想起那幀照片和攝影記者的結局，才感到強烈的哀傷。那小女孩的死是悲劇，攝影記者的死也是。

我們都是那個小女孩，這世界就是禿鷹，等著在我們無力反抗時痛下殺手。

「很痛嗎？」俞立寒忽地柔聲問，「妳看起來就快哭了。」

我搖頭，看看手，所有傷口都被妥善處理，這時我再度意識到眼前一切實在太超現實了。我縮回手，覺得該說句謝謝，但又想到這人可不是好心，做這些全都是有目的的。

「你就這麼想要我授權？」我單刀直入。

又是輕聲細語，又是溫柔包紮的，真沒想到面癱王對於攝影的執著如此強大。

俞立寒收拾著桌面上的東西，回答含糊。「……每個人的行為都有自己的理由。」

還用你說。

仔細想想，我是不是可以談個條件？

好比一年份的滋大郎豬血糕什麼的。

「如果我堅持不同意讓你公開發表那張照片呢？」

他聳聳肩，又看了我一眼，像是在確認什麼。

這人還真是不爽快。

我接過他遞給我的碘酒紗布，但就是不想說謝謝。

真是人生第一次，就為了「謝謝」兩個字，我都沒想到可以掙扎個老半天。

彆扭。

又超現實，又彆扭。

而且多少還是有點不好意思。

我把東西全塞進包包裡，還是沒打定主意要不要道謝。

說實話我可沒想過要他幫忙，但他確實還是幫了我。

就在我從石椅上起身的同時，俞立寒開口：

「妳……剛剛是不是在查『臨終關懷』？」

她聽到我的問題，臉色一變，怔忡不定。

我非常能理解她為什麼會有這種反應。

是我不好，竟然就這樣問出這麼的私人問題。

在她眼中，我應該是個變態吧。

又是拍了她的照片，又是打探她隱私，剛剛還拉著她的手不放，無論如何都不是什麼正常表現。

說實話，我也覺得自己很不可思議，完全不懂自己在做什麼、到底為什麼要管她的事。

「所以說語音輸入還是有缺點的。」

她突然蹦出的這句話，完全超出我預想之外。

不，應該說，她整個人都很超出我的預想之外。

各方面都是。

尤其是有點像貓一樣，滿懷心事又充滿警戒和距離的眼神。

「我問太多了，不好意思。」我說。

「呵。」那是不置可否的反應。

她拿著手提袋起身，好像有話要說。

可能是想知道，我為什麼對肖像授權那麼執著。

那是她誤會。

肖像權的事，只是請老蔣幫我找人的託詞。那張照片拍得雖好，但我並沒打算讓別人看到，不會公開。但就讓她這麼誤會下去也沒什麼問題。畢竟我總不能直說，因為不小心知道妳生病了，所以才特別關心妳。

如果我直說了，說不定她會追根究柢：世上生病的人那麼多，我怎麼就偏偏來關心她。雖然跟她共處不過十分鐘，說不到幾句話，但我有強烈預感，她很可能就是會提出這種尖銳問題的類型。

稀有動物。

「無論如何，今天麻煩你了。」她說。

那是非常成熟的口吻和遣詞，貨真價實的老氣橫秋。

我心想，直接說「謝謝」或者「再見」兩個字不是比較簡潔嗎，但她卻選了超齡許多的說法。我想，可能她有不得不早熟的原因。

我本想微笑，不過還是算了，只是平淡回應：「不會。」

事實上是我強迫她接受我的好意，不過，我並不明白為什麼自己會那麼做。

我一開始真的只是想看看她，確認一下她的情況而已。

她點點頭，忽然顯得有點疲倦，接著，以很平穩的步伐離開。

看著她的背影，我想著，疲倦是一定的吧。

隨即，又想到了她之前要查詢的關鍵字：

臨終關懷。

等到她確實走出小公園後，我拿出手機，我不自覺地打開了備份用的雲端相簿，在意識到我想點開她的照片時停下動作，接著立刻關上手機螢幕。

莫名其妙。

我真是不明白。

我到底在做什麼？

現在是什麼情況，我是不是太無聊了點？

嘖。

「你一個人在這裡幹嘛啊？」是老蔣，人未至聲先到，萬年大嗓門。

「沒啊，出來晃晃，拍拍貓什麼的。」我說。

老蔣三步併兩步走進涼亭，「告訴你個消息，我剛剛見過那個什麼柴彥珊了，人家不同意照片的事，放話要你死了這條心。」

「剛剛？你什麼時候見到她的？」

「半小時前吧，喏，就在我們常去的那家早餐店，她跟靴子一起在那兒吃早餐。」

「靴子？」我想了一下，「你說高一跟我們同社團的那個薛雅鈞？她怎麼會跟薛雅鈞一起吃早餐？」

老蔣一臉八卦，壞笑。「這還用問嗎，看也知道他們在交往啊。」

交往？

所以她是……

薛雅鈞的女朋友？

老蔣自顧自地說道：「我走進去的時候剛好看到偶像劇橋段，薛子眼冒愛心，伸手摸了人家柴同學的小臉蛋呢。哎呀，雖說薛雅鈞未免也太不挑，但是我這個單身狗看了還是羨慕嫉妒恨啊，有女朋友就是充實，真好啊。我是不是眼光該下修一點，不要那麼挑，先交一個來充實一下？」

我對薛雅鈞的印象本來不算太差，但此刻嚴重下修。這個人都沒看到女朋友滿手傷痕嗎？還是看到了不當一回事？連個藥都不幫忙擦。而且，也沒有注意到自己女朋友是不是有什麼心事，還眼冒愛心？分明就不是一個好人。

「薛雅鈞對她怎麼樣？」我問，但話出口就後悔，那並不關我的事。

老蔣聳肩，「就那樣吧，沒留意。總之重點是我提了肖像的事，柴彥珊不知道在生什麼氣，就拒絕了。我本來想回家後傳個Line給你，沒想到在這裡碰到你，當面講也好。」

「嗯，好，我知道了，謝啦。」我笑了笑。

「那你比賽怎麼辦？」

「比賽？喔，你說攝影比賽啊。」那只是隨便找的藉口，我搪塞道：「就再看看吧，說不定拍貓更討喜。」

「那當然！那個柴彥珊又不正，不管是她的臉還是身材，都沒辦法替你的照片加分啦，你還是把那張照片留著十天後掛大門吧。」

「十天後掛大門？」

老蔣狂笑，「真沒幽默感，民俗月啊！」

我冷冷看他一眼，「喂喂，別這樣說人家。」

「嘿，就她的長相和身材……我只能說薛雅鈞胃口還真好，我無法。」老蔣為了增加效果，還拍了一下石桌。

「你也太毒了。」我瞇起眼。

「我直白也不行嗎？說真的，我除了不懂薛雅鈞的胃口，我也不懂你的審美。」

「什麼意思？」

他哈哈大笑，「如果是我，按下快門前一定先避開她，免得破壞畫面嘛。」

「這話也太過分。」

「她又不在現場，背後說說不行嗎？」

不知道為什麼怒從中來，事實上背後評論女生的事我也沒少幹過，但今天——

「不管她在不在現場，你說得都太過分了。」我冷道。

「是啊，何況她本人——就、在、現、場。」

眼睛瞪那麼大幹嘛？

第一次說人壞話被當面抓包嗎？

很好嘛，凡事都有第一次，是吧？恭喜解鎖成就啊。

我從來就不覺得自己是美女，不管是臉蛋還是身材，我都有自知之明；但我也不認為其他人可以肆無忌憚批評我。是啊，我是長得不怎麼樣，但你蔣先生的姿色在俞立寒面前也不過就是一坨屎的程度，好意思對我品頭論足？要不要臉啊？真要互相傷害是嗎？來啊鯰魚嘴醜男！

但這些話我並沒說出口。

那都是因為過度驚訝，一時呆住，錯過了反嗆的時機。

我還不至於自戀到因為聽到有人批評我長相而嚇到，之所以驚訝是因為俞立寒。我是真沒想到，沒想到俞立寒會替我說話，會出聲制止蔣鴻毅。這比任何事都還要讓我訝異，他替我說話時並不知道我回到小公園裡，因此除非他背後長了眼睛，不然應該是真心無誤。

真是太意外了，看來面癱王的為人比我想像中好很多。

果然人不能只看表面，看看姓蔣的在早餐店多熱情，還想要握手認識，現在又是怎麼說我的。

俞立寒定定望著我，看著我一步步走上涼亭台階，他終於沒那麼面癱了，但表情仍難以判讀。我轉頭瞟了蔣鴻毅一眼，他噘起厚唇，眼神飄移，手指在石桌上敲啊敲的。

我走近剛剛坐的石椅，抓起忘了帶走的一條外用消炎乳膏，當著他們的面放進包包中，接著轉身離去。

「嘿。」俞立寒追上我，低頭看我。「還好嗎？」

我搖搖頭，表示沒事。

他眉頭深鎖，「那是『不好』，還是『沒事』？」

我覺得好笑，「當然是『沒事』。」

他似乎不太相信，「真的？」

「真的。」

我看起來有這麼玻璃心嗎？

再說了，我幹嘛為了嘴賤厚唇鯰魚男傷心？他沒那資格。

俞立寒忽地停下腳步，沒頭沒尾地拋出一句：「……對了，妳一個人嗎？」

「不是啊。」

他明顯一驚。

我這次真的笑出來，「你不是也在這兒嗎？」

他呆了呆，恍然大悟。「也是。」

這面癱王智力是不是有點問題啊？

看來可能是他的粉絲幫忙作弊，校排名次才會高過我。

我挪動腳步，他也跟上，跟我並肩。

如果是上學期，我應該，不，絕對會開心到瘋掉，不過現在只覺得這人怪怪的。雖然應該不是壞人，但真的有點怪。

「那個，」他又道：「我是說，薛雅鈞呢？他沒有陪妳……」

「陪我幹嘛？」

「陪妳回家。」

「沒必要啊。」

我看他一眼，這人到底在想什麼。這問法好像我看起來很容易死在路上還是沒事去自撞砂石車什麼的。

他不置可否，輕輕點頭，不知在想什麼。

瀏海下的臉龐還是那麼好看。

「不過……」

我開口後又覺得不妥。問他跟著我要做什麼太自戀，還是算了。人家說不定只是剛好跟我同方向，或者等著我心情好點再來關心肖像權的事。

但他聽到了。「不過什麼？」

「沒什麼。」

他低頭看著我手上的提袋，然後伸手拎走。

在我開口之前，他主動解釋。

「因為妳的手受傷了。」

「喔，謝謝。」好吧，對攝影如此執著的俞同學，那就麻煩你了。

□

走了近十分鐘，我跟俞立寒都沒說話。

我沒什麼話好說，雖然覺得他過於親切，但反正早就知道他是為了照片的事；我如果主動提起，到時他又拜託我，那就不好拒絕了，因此我並沒有出聲。但他對攝影的熱情和執著有嚇到我，連過馬路時都很貼心，瞻前顧後的，看來他是打算展開「妳不可以對好人說不」的攻略法。

快到我家巷口時，可能是因為早餐只咬了兩口三明治就被氣跑（而且還忘了把三明治一起拿走），我的肚子旁若無人地發出了巨響。

俞立寒的目光滿是訝異，不知道是不是我視力出了問題，我總覺得他看我的眼神還多了一絲絲同情。

「這樣不行。」俞立寒沒頭沒腦爆出一句，開始四處張望，然後目光停在左前方路口的麥當勞。他轉頭看我，「雖然不健康，至少乾淨，也不用等。」

我滿頭問號，「啊？現在是……」

「走吧。」

「去哪？」雖然我已經注意到他的目光在麥當勞上停了很久，但還是再度確認。

「妳就不要逞強了。」他面無表情，逕自邁開腳步。

不是很懂。

那你去吧，我回家。

不，不對，我的東西還在你手上啊！
「喂，喂！」
他回頭看我，嚴肅得很。「抱歉，是我走太快了。」
不是這個問題吧？！

我托著腮，看著俞立寒端來一堆食物和飲料。
「油炸類和含糖飲料對身體不好。」
他似乎誤會我是因為沒有薯條和炸物才無精打采。
事實上並不是，我只是對眼前這一切很困惑而已。
「快吃吧。」他把整個托盤往我面前一推。
我不會吃的。
如果吃了，就真的非授權不可了。
但好餓。
希望他沒發現我正猛吞口水。
「謝謝，不用了，你吃吧。」
「為什麼要逞強呢？身體需要能量時就應該要馬上補充。」他彷彿理解我的防備，輕嘆。「不要有心理壓力，妳放心吃。」

我絕不會被你的姿色和親切迷惑，不會中計的！

「真的不用，我不是在客氣。」我假裝搥搥胸口，「我，我現在有點消化不良，真的。」

俞立寒的面癱立刻換成另一種「我就知道」的風格，緩緩點頭。

「我懂。」他說。

你懂什麼啊懂。

我都不懂你懂什麼了，還你懂？

我決定把注意力從食物上移開，如果不這樣做，我一定會忍不住開吃。然後呢，一旦讓俞立寒請客，到時我就不好意思不授權，最後就得接受自己照片被公開，成為眾人的笑柄。

「那不然至少喝點——」

俞立寒的話被我手機鈴聲打斷，我比了個手勢後接起電話。

「到家了嗎？」薛雅鈞問。

「還沒，我在麥當勞。怎麼了？」

「沒什麼，無聊，問候妳啊。」他的語氣確實有著滿滿的無聊，「一直沒接到妳電話，就打去看看妳在幹嘛。」

「無聊就趕快去寫情書回信，不要讓你的愛慕者等太久。」

「我老早就用公版回信了，誰還一封封認真寫啊。是說，妳為什麼一個人跑去麥當勞？」

聞言我抬頭瞄了眼俞立寒，沒想到他也正看著我，於是我們同時移開目光。

「沒什麼。好啦，我等等就要回去了，再聊。」

「好吧，Bye。」

通話結束後我放下手機，俞立寒的面癱轉換成「滿腹疑竇」Style。

這人到底在好奇什麼啊……

這表情真是……

過了很久後，他終於開口。

「……真的不吃嗎？」他現在看起來就像一個無論如何都想不起台詞的菜鳥演員。

我嘆口氣，決定打開天窗。「我不會授權的。」

沒想到，俞立寒竟毫不遲疑地點頭。

「我知道。妳說過。」

「那你還請客？不對，其實你沒說要請客……」

「我不會拿一頓麥當勞來要脅妳的。」他明顯地嘆了口氣，「別跟自己身體過不去。」

聞言我差點伸出手，但理智很難得地戰勝了食慾。

「但是……」總覺得哪裡不對勁。

「妳想說我很奇怪。」他淡淡地說。

「賓果！」

俞立寒像是在蔚藍天空上飄掠過一綹棉絮白雲般那樣，輕輕地，微微地，淺淺地在他那張完美的臉龐上平添一笑。

他的那抹笑讓我看傻了。

腦中浮現本該用來描寫絕代佳人的詩句：

一顧傾人城，再顧傾人國。

寧不知傾城與傾國，佳人難再得。

你堂堂一個男生有這等姿色，根本是完全是絕對是犯罪啊！

與此同時，我覺得雙頰有點熱熱的。

不，不會是——

我到底有什麼好臉紅的？

人家不過就笑了一下而已！

我這是在發什麼情（大誤）啊。

「妳臉好紅，哪裡不舒服嗎？」他忽然斂起笑，眉心輕蹙。

「沒、沒什麼。」

我覺得全身發燙，比剛剛在大太陽下走路還熱，忍不住還是拿起眼前的飲料，灌了一大口。

「別……」他開了口，但又打住。

「嗯？」我放下無糖綠，看著他。

「……沒什麼。」

「要說什麼就說吧。」

「真的沒什麼。」他嘆口氣，「只是想跟妳說，別喝太快。」

這年頭的男生是怎麼了？

一個個母性大爆發啊。

一個要我小心別中暑，一個叫我別喝太快，你們怎麼這麼有默契，全都在暑假前考上了保姆執照是吧？

真不知接什麼話好。

不過，我本來跟俞立寒就沒什麼可以聊的，完全不熟啊根本。

我瞄了他一眼，他好像也略顯尷尬，打開了另一杯飲料。

「……飲料……我會付錢。」

之所以這麼說，一是因為兩個人都不說話，場面實在很尷尬；第二嘛，確實想說這杯無糖綠就當作我自己買的，這樣一來就不會欠俞立寒人情了。

他抬眼看我。

就連抬眼的動作都帥到不行。極品啊，這姿色。

「我可以問妳一個問題嗎？跟肖像權無關的。」他忽道。

竟然會對肖像權以外的事有興趣，真意外。

我點點頭，等他提問。

他似乎吸了口氣，才開口。

看他此時此刻的神態，要不是麥當勞點餐時就得付款結帳，我還以為他想開口借錢呢。不是為了談授權，也不是要借錢，我跟他往日陌生到了今日也一樣不熟，這表情到底是從何而來，是怎麼回事啊？

「……我是在想……」俞立寒目光游移，最後盯著眼前的托盤，沒看我。

「嗯？」

「不知道妳還記不記得……」他語尾有些含糊，「妳送給我的……那些紙星星？」

「喔！」所以他有拆開禮物啊，真意外。想說他收下時臉超臭的，還以為他一轉身就扔了哩。「記得啊。怎麼了？」

其實我想問的是，這怎麼會不記得？

難道我看起來像已經失智了嗎？

他吁了口氣，「妳怎麼會摺那個？紙星星。我的意思是，那個是幾十年前流行的東西了吧。」

「看港劇學的。」你其實拐著彎說我是老人家對吧。

俞立寒好像對於這個回答相當訝異，終於看著我。「很舊的港劇？」

「你都知道這是幾十年前流行的玩意兒，理所當然那部戲也一定是幾十年前的嘛。」

說來我也很佩服我自己，竟然看得下去，而且還覺得滿好看的，我果然是DVD出租店的孫女，血脈啊這就是。

「妳還記得那部港劇的名字嗎？」他臉上滿是好奇。

「記得。」

他看著我，忽然淺淺一笑，還點了點頭。

我回望俞立寒，一頭霧水，完全不知道這個人的腦袋是怎麼運作的，不解，非常不解。

「怎麼了嗎？」

俞立寒斂起笑，「可以告訴我那部港劇的名字嗎？」

俞立寒問話的神色嚴肅到不行。如果眼前景象是影片，可以重新上字幕的話，基本上就可以加個「其實我是妳失散多年的親哥哥」、「實不相瞞我需要妳的骨髓來治病」之類的台詞。

「可以是可以……」我問，「但你問這個要做什麼？」

俞立寒一怔，接著答道：「沒什麼，只是好奇。那個紙星星……我印象很深刻。」

好吧，看來暑假到了，無聊的人滿坑滿谷，不只我一個。

「那部戲叫作《義不容情》，但跟紙星星有關的沒多少集。」

他有些訝異，「妳連這個都記得？」

「也就只是剛好記得而已。」話剛說完，喝了口無糖綠，結果就被嗆到，咳了起來。

「妳沒事吧？」他將紙巾遞給我，臉上帶著歉意。

雖然綠茶是你買的，但我不會把嗆到的事怪在你身上，不必那種表情。

莫名其妙。

後來我和俞立寒都沒再說什麼，隨後我就起身告辭了。

在麥當勞門口，俞立寒欲言又止，最後他小心翼翼地開口：

「如果我說要送妳回家，妳一家會覺得很奇怪吧？」

「難道不奇怪嗎？」

我反射性地回答。除非眼前這位極品校草暗戀我（嘸可能），不然當然會覺得奇怪啊。

「是很奇怪。」他點點頭，把那袋藥交還給我。

我想了想，主動說道：「為了避免不必要的誤會，我想再強調一次，就是啊，那個照片我真的真的不同意公開發表。我說的應該夠清楚了吧？」

他毫無懸念地再度點頭。

「嗯。」我下意識地又發出聲音，決定適度表示友好。「謝謝。」

俞立寒微微瞇起眼打量我，看起來有些心事，但又輕輕擺擺手，表示沒什麼。

這人話真的不多。

我也揮了揮手，剛轉身時就被他叫住。

「那個……」他的手停在半空中。

「怎麼了？」

「妳不要誤會……」

他目光游移，似乎有些不好意思、手足無措。喔喔喔面癱王你這害羞的小表情，就算叫我不會誤會也不行，實在是太引人遐想了，你再這樣左顧右盼欲言又止，我真的會以為你暗戀我（再次聲明，我當然知道不可能）！

「嗯？」

「我只是覺得，呃……呃……能夠說出《飢餓的蘇丹》和《義不容情》的高中生真的是太少見了……」

「所以？」我耐著性子等他後續。

「但我真的不希望妳產生什麼不必要的誤會。」

我完全不明白，「說了老半天我還是不知道你認為我可能誤會什麼。」

他聞言點點頭，「也就是說，這個，我只是——想要妳的聯絡方式。」

「喔！」還以為是什麼事，這有什麼好糾結的。

我從包包裡拿出手機。

他看著我的動作，也拿出了手機。

「同學之間交換個聯絡方式而已，我不會因為你跟我要個Line還是電話號碼就以為你對我有興趣，你大可放心。」我說道。

萬人迷俞立寒跟我要電話耶——

這事當然不會不開心，但也沒什麼好特別興奮的；只有像面癱王這種擁有告白紀念碑的人氣帥哥才會有「糟了只是要個電話她可別誤會我對她有意思」的困擾；平庸如我，是從來不會想到那方面去的。

他對我的發言似乎感到很意外，但沒有多說什麼，只是顯得有些不能理解。等交換了電話和Line後，他低低說了聲謝謝。

聽到他說謝謝，比他想要我聯絡方式更讓人訝異。

我做了什麼會讓他說謝謝的事嗎？

我一不同意授權二讓他請客三還讓他花時間替我這陌生同學包紮傷口，再怎麼想該說謝謝的人都是我才對啊。

但我並沒有深究，也許面癱王只是親切有禮地順口一說罷了。

「……謝謝。」但我說不出不客氣三個字，於是用同樣的「謝謝」回應他。

這次說完，我真的揮揮手，不帶走一片雲彩地離開。

立寒

人總是很容易不知不覺做出一些自己都無法理解的事。

未必是傻事或是錯事，但總覺得哪裡怪怪的。

事後回想，實在不能理解當時的自己在想什麼。

要說後悔絕對不至於，也談不上。

只是回顧時多少有些茫然，好像當下被什麼迷惑似的，下意識地就做出了意料之外的舉動，而且也不明白這麼做的理由到底是什麼。

一般來說，這種情況在我身上很少發生。

但，不知道為什麼，從昨天結業式後到今天，短短不到二十四小時，竟然就這樣像板塊移動般無法預測無法控制地發生了無數次，次數多到我完全無法計算。雖然大致上知道是因為她。但，她是我什麼人？怎麼會在這麼短的時間內對我造成這麼大的影響？

……我這是怎麼了？

啊，很有可能是中暑。

一定是的。

# 05

暑假就是要看電影啊啊啊啊！

我這個暑假一定要看伊斯威特版的《牡丹花下》、泰勒的《朱門巧婦》和《靈慾春宵》，還有一大堆義大利鉛黃電影！

尤其是左擁肥宅快樂水、右抱超大盆奶油爆米花，在二十四小時都定溫23度的房間裡癱在沙發上看片直到出現幻覺、直到銀翼殺手跟東方不敗同台、直到分不清勞勃·狄尼洛和勞勃·瑞福為止！

再怎麼說我可是DVD出租店的孫女啊，血液裡流的就是各式各樣的電影和戲劇，這點應該到死都不會改變。

□

雖然暑假前我拚命這樣吶喊，但結果完全不是這樣。

在暑假的第六天晚上，狀況一直很不好的泡泡突然嚴重抽搐，短短幾分鐘內，在我的枕頭邊，永遠地長眠了。

那天晚上，我其實沒什麼哭，只是先幫泡泡梳好毛，噴了香水，用泡泡平常最喜歡的小被子包住牠，然後抱著牠坐了一整晚。泡泡以前很不喜歡被嬰兒抱，總是沒辦法在懷裡安靜待著，我抱著牠小小的身體，不知為什麼想到了這些。

到了早晨，我拿出之前準備好的漂亮紙箱，把泡泡、小被被跟牠喜歡的玩具一起放進紙箱裡，然後聯絡之前就查好的業者，抱著裝著泡泡的紙箱，坐在沙發上，等業者派車過來。

在進行這些步驟時，我仍然沒有大哭，只是不自覺地緊咬著唇，直到嘴裡嚐到淡淡血味才意識到。

不管業者在問：「要一起火化還是單獨火化？」還是「海葬還是樹葬？我們也有配合的塔位，管理得很好喔，風景也很好。」我都只是淡淡地回答了之前就考慮好的選項。

是的。

之前就考慮好的。

其實在醫生說要我有心理準備之前，我早就預期到了，只是不想接受這個事實。直到醫生語重心長地提醒我之前，某部分的我完全不願意面對；但又有另一個我，默默地找好業者、買好紙箱，把之後的細節都想了一遍。

天天跟泡泡一起生活的我，怎麼可能不知道牠的情況，怎麼可能不知道牠已經時日無多？

也就只是逃避，只是不想面對而已。

只是以為不去想，死亡就不會被我的心緒召喚而來。

而結業式那天醫生的話，不過就是戳破了我心裡那張姑且用來掩蓋的薄薄紙張罷了。

薛雅鈞很好心地問我，要不要把泡泡的骨灰做成紀念品，好比戒指項鍊什麼的，但我說不用了。我不想讓牠對這個世界還有什麼放不下的牽掛；再者，也不是沒有紀念品我就會忘了牠。如果那麼容易就能忘記，心就不會那麼痛了。

但也不是什麼都沒留下，我收起了泡泡的項圈，用密封夾鏈袋裝好，放在書桌的抽屜裡，想著到時候要一起帶走。

這樣就夠了。

□

「妳好點了嗎？」薛雅鈞不愧是我唯一的人類朋友，臉上寫滿了擔心。

「我沒有很不好啊。」

真的沒有很不好，大概就是最近會抱著泡泡留下來的靠墊默默流淚的程度，我個人覺得這程度還滿正常的。

「妳都瘦了。」

「不好嗎？不是說高中男生最討厭的一是斷網二是胖妹嗎？那我瘦了豈不是挺好的，戀愛前途一片光明啊。」看吧，我真的沒什麼，還能說出這些幹話。

「什麼呀？這麼多年來我笑過妳嗎？我才不是那種自己長得醜還好意思對女生品頭論足的傢伙。」

「廢話少說，你找我到底有什麼事？明知道我不想出門，還硬把我拖出來。」我一手托著腮，一手玩著杯中吸管。

「給妳。」他從背包中拿出兩張DVD，「我可是花了很大的工夫才弄到的。」

「喔！這個厲害，謝啦。」我端詳著DVD，是我很想入手的義大利片。「但我生日還沒到。」

薛雅鈞皺眉，「妳生日我才不會這麼小氣，少說也送個二十部DVD。這個……只能算是慰問。」
用血腥暴力cult片當慰問？
不愧是這麼多年的青梅竹馬，果然了解我。
我抬眼看向他，撐起嘴角。「謝謝。我知道你擔心我，我沒事啦，總是會慢慢習慣的。」
「日子還是要過。」他忽道。
「嗯？」
「每次妳難過的時候不都是用這句當作結論嗎？我都會背了。」他淡淡一笑，今天倒是一點也沒有平素那種吊兒郎當的樣子。
「是啊，日子還是要過。」我回想著，但不覺得有這麼常說這句話。「……欸。」
「怎麼了？」
「我沒有很常說那句話吧……我自己沒什麼印象。」
薛雅鈞喝了口熱美式，說道：「妳以前在班上被排擠的時候說過，妳媽去國外的時候妳也說過。」
果然是資優生，好記性。

「喔對了，說到我媽……」

我坐直身體，不知道為什麼，總覺得要正襟危坐比較適合接下來的話題。我望著薛雅鈞，他察覺到氣氛改變，目光一凜。

「我媽要我搬去倫敦跟她一起住，要我去那邊念書。簡單來說，她就是所謂的『要盡盡做母親的責任』之類的……目前預計是年底過去吧，等新媽媽生產完——」

「等等等——」薛雅鈞揚起手打斷，相當不悅地瞪著我，語氣激動。「妳在說什麼啊？什麼去英國？妳怎麼會要去英國？誰讓妳去英國的？開什麼玩笑！」

「你小聲一點！」

他先是別過頭去，接著又重新看向我，目光凌厲，一臉抓到我要欠債跑路的樣子。

「妳瘋了嗎？去什麼英國？那裡有什麼好的？這種事都不先慎重考慮嗎？」

「……我當然有慎重考慮……雖然以前從來沒想過要出國讀書，不過我媽說的也沒錯，就算是國外的九流大學還是比本土的容易找工作吧，再怎樣人家也會以為留過學的應該英文不錯。而且……」話到唇邊時猛地嚐到一陣苦澀，「而且，泡泡已經不在了，我沒什麼非留在這裡不可的理由啊。」

薛雅鈞聞言忽然收起怒氣，只是冷冷瞪著我，不發一語。

雖然預期薛雅鈞聽到這消息會不開心，但這程度有點出乎意料。

「……我知道我決定得有點倉促，但你也知道我家的情況。新媽媽就要生了，而且還是雙胞胎，我爸之後只會更忙。剛好我媽在英國的工作發展得很好，她有錢也有時間了，這時候過去讓她養豈不是正好？」我停了幾秒，觀察薛雅鈞的表情。「真的啦，我真的有認真想過，才做出決定的。反正我也不討厭英國，也不討厭我媽嘛。」我努力換上輕鬆的語氣。

他眨了眨眼，拿起熱美式一飲而盡，放下杯子後，開口：

「那裡又濕又冷，也沒什麼好吃的，不是腰子派就是炸魚薯條，再不然就是黑布丁、焗豆子，我保證，妳去不到兩天就會活活餓死。」

一時不知說什麼好，只好矇混帶過。「哇原來我們鈞鈞這麼懂英國菜。」

薛雅鈞當然不吃這套，哼了聲。「妳到底去那裡要幹嘛？！」

「不就跟你說了嗎？以後就留在那裡讀書啊。」順便看看能不能交一個像湯姆．希德斯頓的男朋友（大誤）。

雖然是好朋友，但關於做出這個決定的真正關鍵，其實我並不想宣之於口。

想也知道薛雅鈞會怎麼說。如果告訴他我真實的心情，他就會帶著強烈的同情狠狠臭罵我一頓，一定會說我這種行為根本沒必要。這不用他說，我自己也知道啊，知道又怎樣，人如果因為知道就能理智地忍住不做傻事，這世界早就成為貨真價實的天堂了。

「妳媽怎麼突然關心起妳來了？這麼多年都對妳不聞不問，現在又想照顧妳了？」薛雅鈞冷言冷語，「她以前不是說，要去追求自己的理想和幸福嗎？現在又不用追了？」

我看著他，愈來愈火大，但還是耐著性子。

「你這人需要這樣講話嗎？再怎樣那還是我媽耶。她雖然一直沒回來，但還是都有跟我聯絡啊。」

「聯絡？她知道妳以前在學校裡過得很不開心嗎？她知道妳因為泡泡的事有多難過嗎？就連妳生理期痛到打滾都還是我媽陪妳去醫院的！她離開的時候妳才幾歲？她什麼事都讓妳一個人面對，打打電話寄寄禮物就算盡責了，幾年都不回來看妳。現在心血來潮就叫妳去找她，喔呵，這媽當得還真輕鬆。」

我沒回應。

一方面是因為薛雅鈞的話雖然難聽又刻薄，但大致上並沒說錯；另一方面則是因為驚訝而開不了口。

我一直以為自己很了解薛雅鈞，但現在看來並不是。他一向沒什麼情緒，幾年都不見得發一次脾氣，我根本不記得他上次這麼生氣是哪時的事了，但今天的他像是吃了炸藥似的大爆炸，我是真的真的被嚇到。

「……無論如何，你都不用這麼激動。」

過了好一會兒，我只想到了這句。

薛雅鈞仍眉頭緊皺，不發一語。

「也不是馬上就要走。」我又說。

他別過頭，沒再理我。

□

不歡而散。

不，也不能這麼說，因為是我單方面離開的，薛雅鈞並沒有要走的樣子。

我走出CappuLungo後，從落地窗外看向店裡，薛雅鈞一動不動地坐著，面無表情。

我當然知道他一向都覺得我媽不負責任，也不希望我走，但我真的沒什麼非留在這裡不可的理由。我跟薛雅鈞從小一起長大，一旦要分開，我跟他一樣，絕對會很難受，搞不好我剛上飛機就會開始大哭，說好想好想他。只是，人長大了，總有分別的一天，時間早晚而已。

我又在店外看了他好一會兒，中間有幾次想回到店裡，但我並不知道回去找他要做什麼，或是說什麼。

今天來之前，我本來還打算跟他說「以後來英國找我，我介紹英國正妹給你」這種玩笑話。嘿，果然人算不如天算，別說玩笑話了，連一般日常對話都沒辦法……我想起以前丁綵晴說過，果然我跟薛雅鈞走得太近不是件好事。那時聽了丁綵晴的話我還有點小不悅，但現在看來我們丁姑娘真是洞燭機先，有見地啊。我嘆了口氣，又看了店裡一眼，薛雅鈞還是一動不動。

好吧，只能等過兩天他氣消了。

「這麼想見他，為什麼不進去？」

「媽呀嚇死我！」

我撫著胸口，呆呆看著不知何時出現、又不知在我身後站了多久的面癱王。

他不以為然地輕哼一聲。
「你怎麼會在這兒？」神出鬼沒啊面癱王。
「路過。」俞立寒惜字如金，臉色難看得跟什麼一樣，不知道又是誰得罪他了。
你這行為完全是背後靈啊，「嚇死人了，細胞都不知道被你嚇死多少個。」
俞立寒聞言一怔，冷冷地看我一眼，隨後順著我剛才的目光，看向店內。
「妳一個人在這裡苦悶什麼？妳就進去，薛雅鈞不是在裡面嗎？說不定他也在等妳。」
「算了吧。」我轉身邁步離開，「他還在氣頭上。我呢，是逃出來的，這時候回去找他，也沒辦法好好談話。」
嗯，其實我不知道跟面癱王說這些要幹嘛，更不知他為什麼會來搭話，但不知為何，才短短幾句話，剛剛鬱悶的心情就消散不少。也許這幾句閒話聊得正是時候，一解我的壓力。
「妳跟薛雅鈞吵架了？」俞立寒淡淡地問，跟我並肩而行。
「那應該不算吵架吧，並沒有你來我往唇槍舌劍。」根本是我單方面被唸，可惡。

「所以妳剛剛在咖啡店裡，跟薛雅鈞吵，不，發生爭執，然後自己跑出來了？」

我笑出來，「當然是自己跑出來，不然還有人揹著我跑嗎？」

他停下腳步，一臉不解。「……妳今天心情很好嗎？」

「啊？」

「才剛跟男朋友吵完架，不，發生過爭執，怎麼看起來好像不太難過？」

「什麼？！什麼男朋友？」我呆了幾秒，瞪著俞立寒。「這其中有很大的誤會喔俞同學，那個薛雅鈞他，他不是我男朋友，我也不是他女朋友，我們沒在一起啊。」

俞立寒像是聽到江戶川柯南其實是櫻桃友藏的親生兒子似的，不發一語地回望我。

好吧，一定又是什麼低級錯誤資訊造成的誤會。

我正經八百地說明：「我跟薛雅鈞是青梅竹馬沒錯，我們很要好也沒錯，但我們並沒有在一起。」

俞立寒挑挑眉，仍沒出聲，似乎不太相信。

算了隨便吧，信不信隨你；當事人都當面澄清了你還寧可相信錯誤資訊，我也只能兩手一攤宣告放棄。

「……沒什麼事我先走了。」

我揚起手揮了揮，但俞立寒叫住我。

「既然只是普通朋友，那為什麼吵架？」他問。

笑死了，為什麼普通朋友就不會吵架？

「就說了那個不算吵架。我只是跟他說我要出國，他認為我決定得太倉促了，持反對意見，只是這樣而已。」

俞立寒點點頭，那雙迷人的鳳眼目光流動，打量我幾秒，換上了理解的表情。

「如果有更好的環境，當然應該去。」他的語氣有些沉重。

雖然已經過了咖啡店轉角，但我還是往那裡看了一眼。

「……薛雅鈞大概是擔心我很可能會水土不服，客死異鄉吧。」

俞立寒眉頭深鎖，「能不能別老提『死』字？」

「為什麼？我有很常提到嗎？」

「一見到我的時候說嚇死細胞，現在又一句客死異鄉，這中間還相隔不到兩分鐘。」

好像是這樣，不過我自己並沒有特別注意到。
沒想到面癱王說話還有禁忌——怕「死」啊。
他注視著我，又道：「所以妳家人決定送妳去國外……是嗎？」
「他們當然是讓我自己看著辦，算是我自己決定的。」我說。
俞立寒像是聽到什麼不得了的消息似的，「妳自己決定的？」
不然難道是你決定的嗎？
不是，面癱王你什麼時候開始關心起陌生同學來了？
說好的冷血無情面癱王呢？
這行為不符合你的人設啊俞同學。
「是我自己決定的，有什麼問題嗎？」
「畢竟需要父母陪同一起前往不是嗎？種種醫療行為都需要——」
我打斷他，「等一下等一下，什麼叫『種種醫療行為』？」
他似乎驚覺自己說錯了什麼，低喊一聲糟了，咬著唇，深深地沉沉地看著我。那眼神裡有歉意有同情有自責。雖然這樣的俞立寒帥得不像話，但現在他的姿色並不是重點。
「你說清楚，俞同學，什麼種種醫療行為？」

「……」

立寒

「你說清楚，俞同學，什麼種種醫療行為？」

「……」我沒有回應。

她注視著我，貌似要追根究柢，等著我說明。

沒辦法。

「就是……上次在小公園裡，其實我不小心聽到妳的通話內容。不好意思，我不是有意偷聽的。」

她雙手抱胸，若有所思，默不作聲。

「很抱歉。」我索性說道，「那個時候找老蔣他們去問妳的聯絡方式，也是因為這個原因。」

她喔了一聲，尾音拉得有點長，充滿戲劇效果。

「所以說，肖像權的事……」

「我的確拍了妳的照片，但本來就沒想過拿去參賽或發表。」

她扁扁嘴，有點不開心，不過神情又立刻和緩。

「算了。聽到就聽到，是我自己在公共場合講電話，被聽到也是正常的。」

她想了想，泛起一抹苦笑。「至於……你說的『醫療行為』……嗯，現在已經用不著了。」

用不著了？我想到她之前在涼亭裡語音輸入的「臨終關懷」，同時注意到她在短短幾天內瘦了一圈。看來，她已經打算放棄積極治療了。

那麼，是為了安寧療護才出國嗎？

或者是為了在最後的日子裡看看這個世界呢？

「……妳有沒有什麼特別想做的事？」我問。

她對於我的提問似乎相當訝異。

不過我也是，我都不知道問她這些要做什麼。

難不成我還幫她實現什麼最後的願望嗎？

看來我又開始不受控了，果然是因為氣溫太高，再度中暑。

她定定看著我，眼神滿是問號。

「你是指哪方面的？想做的事。」

「就是……」我本來應該扯開話題，但卻只是決定盡量淡化悲傷的用字，說道：「想要去哪裡，或者想要看看什麼，玩玩什麼，或者吃吃什麼之類的。」

她雙手抱胸，不必開口，臉上已經清清楚楚寫著很大很大一句：「你知道你問這個很奇怪吧。」

我不自覺地補充：「我知道我問這個很奇怪。」

她眨眨眼，放下雙臂。「……知道就好。」

她並沒有回答我的問題。

接近中午陽光很強，幾點淡淡的光影在她的髮梢跳躍著。

她穿著很一般的紅色系格紋吊帶連身裙和袖子明顯過長的白色防曬外套，身上掛著小小的斜背包，腳上是一雙跟連衣裙一樣普通的白色交叉細帶涼鞋，左手拿著兩部DVD。

她意識到我的目光掃過她的衣著，她並沒有像其他女孩子那樣露出嬌怯害羞的模樣，而是不認輸似的回以打量的眼神。我想著還有鬥志並不是壞事，而且她今天看起來精神還不錯。

「喔！那個！」她突然像動畫裡的角色，以誇張的動作指著我的相機包。

「那該不會是傳說中的小徠吧？那個小紅Mark。」

我點點頭，沒想到她竟然能認出來。

但……為什麼叫它「小徠」？女孩子講話都喜歡加個小字來表達可愛？

「還有那個！那是Vespa的安全帽吧！你滿十八了嗎？該不會是無照吧。」她瞇起眼，好像盤算著要檢舉我似的，那表情非常有趣。

「當然滿了。」我說，「我休學過，比同屆的人大一歲。而且不只安全帽，我騎的也是Vespa。」

「Vespa耶！話說回來，《羅馬假期》真是部好片。」

竟然一語中的。「嗯？」

「沒什麼沒什麼。」她彷彿很認同自己即將要說出口的話，輕輕點著頭。

「又有Vespa，又有小徠……想不到俞同學身價不凡，原來是貴公子。」但她剛一說完便吐吐舌，「不好意思，不小心脫口而出。」

這女孩子真是太有戲了。

雖然不是很有禮貌的發言，但看她的樣子，我一點都氣不起來。

「我不是什麼貴公子。」我淡淡地說。

她很想反駁，但忍住了。

為什麼我知道她很想反駁呢？

因為她的表情實在太好懂了。

好像所有文句都直接寫在那張圓臉上，一字不漏。

看著她強忍著不說話的樣子，實在覺得很好玩，我不禁說道：「還以為妳那時來告白之前，至少有先調查過我是什麼樣的人。」

她的反應太有意思了，先是後退一步，只差沒用手捂住胸口，完全就是被一箭穿心的樣子。

「……你，你幹嘛不忘了……」她嘆口氣，意識到自己說出很沒邏輯的話後揮揮手。「對不起，我不知道自己在亂說什麼。我要回去了，再見。」

「我送妳？」我就這麼說出口了，說完才感到有幾絲緊張。

她看看我的安全帽，「你還有多的？」

「喔……我只有一頂。」

她扯扯嘴角，笑了。「啊對了，俞同學——」

「嗯？」

「你到底來CappuLungo要幹嘛？真的只是路過？」

這真是個好問題，其實我是來買咖啡的。

我本來打算買了咖啡後，騎車去山上繞繞，拍拍照。

「……真的。」

她搖搖頭，是那種「我真是無法理解」式的，然後轉身離開。

我站在原地，不知為什麼想到了她剛剛的話。

《羅馬假期》，嗯。

以前不明白為什麼最後公主跟記者不能在一起，過著幸福快樂的日子，但就在這一瞬間，我意識到，那樣的離別才是最好的結局。

整整一星期了，薛雅鈞都不回我訊息，也不接我電話。

當然這是他的自由，但都已經好幾天了，他要心理建設也該建設好了吧。

我看了眼沙發上他送的DVD，隨手拿起其中一部《The Bird with the Crystal Plumage》。是不是該再打個電話給薛雅鈞？如果他願意接電話，就問他要不要過來一起看電影？我也知道他不喜歡看鉛黃電影，跟他一起看電影的開心程度遠不如我自己抱著肥宅快樂水，一個人邊看邊害怕；不過反正那只是隨便找的理由，我只是想跟他和好而已。

我想了想，決定再打個電話給薛雅鈞。

我一邊找手機，一邊在心裡抱怨，怎麼會有這麼小氣的男生，但沒關係，本姑娘人很好寬宏大量不拘小節，可以先釋出善意，不跟他計較。再怎麼說，因為賭氣而失去唯一的人類朋友，實在太愚蠢了。

喔！

我還沒找到手機就先聽到手機鈴聲，是那傢伙終於想通了對吧。我循聲找到放在書房的手機，但打來的並不是薛雅鈞，而是老爸。

「喂，爸？」

「珊珊啊，妳現在忙嗎？」

「沒有啊，怎麼了，什麼事？」

「我收到妳媽寄來妳去英國需要的文件，想跟妳談談妳去英國的事。我們大概十分鐘後上去。」

「好。」

我掛上電話後收拾了客廳，去廚房拿出兩只茶杯。既然是「我們」，那就是新媽媽也會一起來，那燒個開水好了，順便找出茶包。

老爸的優點不多，準時是其中最突出的一項。

門鈴分秒不差地響起，每次我都偷偷心想，他是不是早就站在門口、手指放在門鈴上等著，然後看著秒針走到約好時間的瞬間，再用力按下門鈴。

等老爸和新媽媽坐下後，我端出準備好的紅茶，老爸顯得有點不好意思。

「妳每次都這樣，讓爸爸覺得自己好像是客人。」

「還好吧。」我也在扶手椅上坐下。

簡單閒聊之後，老爸拿出他帶來的一疊文件，放在茶几上。

「珊珊啊，妳真的想清楚了嗎？以前從來沒聽妳說過想出國。」老爸溫和但嚴肅地說道，「雖然妳媽可以照顧妳，絕對比妳去其他國家留學好，不過一旦到了國外，語言也好，生活習慣也好，全都要重新適應，會辛苦好一陣子，這些妳都想過了嗎？」

我點點頭，「放心啦爸，我還不至於連這些都沒想到就吵著要去。」

新媽媽開口，「但是，人際關係也要重新建立，交到朋友之前會很孤單，這妳也想過了嗎？」

「嗯嗯，這我也想過了。應該會有一段時間比較累，但全世界出國留學的人那麼多，大家都會習慣新生活的，我想我也可以做到。」

老爸和新媽媽互看一眼，新媽媽不置可否，沒再說什麼。我大概能理解她的立場，如果我走了，也許會有好事者在背後議論她，說她果然容不下前妻的女兒，終於還是把我逼走了。事實上並非如此，我確實沒有特別想和她一起生活，但跟她的關係並不壞，各自站在合適的距離，相安無事。

「我們下次一起出去吃飯，然後拍很多合照怎麼樣？」我說，「你們以後想我了可以看照片。」

新媽媽對著我微微一笑，她能理解我為什麼這樣說。

真是太好了，好險老爸不是跟個笨蛋結婚。

「好啊，珊珊喜歡吃披薩對吧，我們去吃好吃的披薩。」新媽媽說。

但她語句裡的歡快在說到一半時便收斂住了，她大概是怕我和老爸誤會她因為我要離開而欣喜萬分。

我多少能察覺到她很努力在看我臉色。

從老爸第一次介紹我們認識時我就感受到了，她不是什麼心眼多或者有惡意的人，但我也不會否認，我們相處多少還是會有幾絲不自在和陌生。

與其勉強想消弭這些，不如就這樣在各自的空間裡好好生活。

而且之後還有雙胞胎要出生，我去英國之後，老爸心情上應該也能輕鬆點，專心他的育兒大業。一想到他們即將要迎接兩個小鬼，我就替他們心累。

那天後來並沒有特別聊些什麼。比較讓我意外的是，媽和老爸、新媽媽三個人竟然偶爾會一起視訊，這三個人還真是出乎我意料地成熟。

也好啦，有一對，不，三個，成熟的父母總不是件壞事。

後來，在老爸跟新媽媽要離開前，新媽媽從裙子口袋裡掏出一只很小的羊毛氈，輕輕塞到我手裡。

她有點害羞，「做得不像。」

但我一眼就認出，那是泡泡。

「難過是一定的，也不必勉強自己不去想，慢慢就會好些了。」她說。

「嗯。謝謝。」

她略帶猶豫地伸手，輕輕拍了下我的肩，不好意思地笑了笑，臉都紅了。

握著掌心裡的羊毛氈，我回以微笑。

很謝謝她，真的。

□

半夢半醒之間，手機傳來了訊息聲，恍惚間想到可能是薛雅鈞終於理我了，於是連忙翻身起床，抓起床頭上的手機，差點沒連充電線一起扯掉。

嗯？怎麼是他。我揉揉眼睛，懷疑自己是不是出現幻覺了。面、面癱王？

一大早的幹什麼呀你。

現在才八點多，有哪個正常高中生放暑假時會在八點起床的？

他傳了一張照片給我，是那天在小公園拍的。

本來以為這人只有好看的臉和高挑身材，沒想到他的攝影技術竟然這麼好。雖然我不懂攝影，但因為很愛看電影，久而久之對於畫面的構圖和光影也有一定感受度，很容易判斷導演運鏡風格是不是我的菜（當然這純粹是個人，很主觀的）。

俞立寒拍的那張照片，好巧不巧有我喜歡的靜謐感，小徠的黑白色調和光線也掌握得很好。雖然畫面裡的我拿著手機正在通話，但他就這麼剛好捕捉到了一個寂靜的瞬間，最讓我覺得不可思議的是，他的照片靜中有動，彷彿能看到了我正把某句話吞回肚裡的瞬間。

原來俞立寒身上掛著高級相機並不是做做樣子而已，也不只是個虛有其表的空殼花瓶，怎麼忽然覺得這人其實有點厲害了呢。

我仔細看了好一會兒照片後，才想到應該要回個訊息給他。

——強者！我很喜歡這張照片。

沒想到他秒回。

——可以告訴我喜歡的理由嗎？

——當然可以。

——那麼就見面再說吧。

——你說見面？認真？

我本來已經輸入了好幾句喜歡的理由，但沒想到俞立寒會這麼提議。

他並不是壞人，而且其實也沒那麼面癱，最重要的是這人長得帥，不是，是有才華，對於有才華（而且帥）的人還是要給點面子的。

——認真。我等等要去CappuLungo。

——但我還在床上。

——妳慢慢來。

——OK，那晚點見。

快到CappuLungo的時候，在街角就看到俞立寒在戶外座位區逗貓玩。

泡泡……

我甩甩頭。

總不能每次看到別的貓每次哭吧。

「俞同學好興致。」我走到他身邊，「大熱天的，還坐戶外。」

他站起身，輕淺一笑。「『好興致』？妳真是老氣橫秋。我坐裡面，只是出來看看貓。進去吧。」

點了飲料坐定後，我的目光不自覺地避開有店貓穿梭的地方。俞立寒似乎注意到了，好奇問道：

「妳怕貓嗎？」

問這什麼傻話，不是都聽到我講電話的內容了？

啊，是不是以為我所說「泡泡」其實是狗狗或其他小動物？這也是有可能的。

「不怕，我是貓派。」

「貓派……嗯，是貓派啊。」他淡淡地點頭。

「話說，那張照片拍得很棒呢，我很喜歡。」我說。

俞立寒嘴角勾起如棉絮般的輕笑，等著我說下去。

「對我來說，那是一張剛剛好的照片。光線也好，構圖也好，而且你捕捉到了靜態中有動態的瞬間，能夠在那時按下快門，真的太厲害了。色調嘛，應該就是小徠的單色模式，他們家的單色模式超好認的，連我這種不懂攝影的人都認得出來。反正怎麼說呢，我最喜歡的一點就是，那張照片能夠讓我沒注意到被拍的人、照片中的人就是我。」

「什麼意思？」

「這張照片的整體感大於一切。一般來說，畫面裡只有單一人物，而且已知那個人物是自己時，觀看照片的重點一定會在人物上，人的目光會追逐人影，這可以說是生物性本能。但是這張照片反而給我一種相反的感覺，它是迂迴的，看著這個畫面，要好一會兒才會注意到其中人物，我覺得很少見。」

他聞言淺笑，「但如果作為人像照，要好一會兒才注意到人物的話，那就失敗了。」

「這個要分類絕對是街頭速寫吧，我只是背景中的一部分。而且這種沒有明確主題的氛圍我也很喜歡。」

俞立寒一面聽著我說話，一面喝著他的大吉嶺紅茶，看不出來他對於我這番評價有什麼想法，既沒有肯定，也沒有表示不滿。

「所以你找我出來，就是為了當面聽我的心得感想？」我問。雖然是暑假，我很閒沒錯，但為了說兩句話專程跑出來，我平常才沒那麼勤快。

「既然妳喜歡那張照片，那麼當面告訴我妳的想法，總比用訊息還是電話有誠意吧。」他微微一笑。

「也是。不過……」

忽然間有點感觸，這一切怎麼不是發生在我跟他告白前呢？我應該就不是一時犯傻，而是會真心喜歡上他了吧。

所謂的時機真是謎之物。

「不過什麼？」

「沒什麼。」我看看店裡，客人愈來愈多了。「那，感想也聽完了，沒別的事我就先走了。」

俞立寒好整以暇，雙手抱胸，第一次在我面前露出帶有挑釁意味的表情。

「……我怎麼一直覺得妳很矛盾？」

我挑眉，「矛盾？你說，矛盾？」

「對，矛盾。以子之矛，攻子之盾的矛盾。」

本來準備要起身的我調整坐姿，穩穩坐好。「從何說起呀？俞同學。」

「除了矛盾，說話也很不現代。」

「說話語氣這個先不論。你為什麼突然說我矛盾？我們不過見過幾次面，說過幾次話，光是這樣怎麼能知道我這個人的性格到底矛不矛盾？」

他瞇起眼，「這有什麼難的。妳上學期是不是跟我告白過？」

可惡。

我別過頭不看他。「那又怎樣？」

「既然會來告白，那就是喜歡我，這合理吧？」

我不得不再度看向他，「你到底要講什麼？」

「既然喜歡我，那麼為什麼每次跟妳說沒幾句話妳就一副想逃的樣子？我算過了，每一次都是妳先說要走了要回家了，表現得好像很不想跟我待在一起似的。妳想想，喜歡一個人，當然會想跟那個人待在一起，而不是整天想著要逃吧？這樣還不矛盾？」

「——原來你講話可以講這麼長一串啊，我還以為你說話就像寫作文，有字數限制呢。」

「不要扯開話題。」他眉頭深鎖，又開始面癱模式。

「你如果覺得我矛盾，而且想知道理由的話，你可以看看那面牆。」我往不遠處指去。

「看那裡做什麼？」

「那面牆上有什麼？」

「鏡子？」

「對，正解。」

他不解地看著我，「妳要我看鏡子？為什麼？」

「你不是拐著彎問我，為什麼我每次見了你就想逃嗎？答案就在你自己的臉上呀。」

他對著那面鏡子，摸了下自己的臉，接著不滿地看向我。

「雖然我不敢自稱校草，但長得也不算太難看吧？」

被打敗了真是。

「誰說你醜了？你要是醜，全台北就沒帥哥了吧。」不，我竟然就這樣不小心說出真心話，可惡。「重點不是你的長相，是表情，表情啦。」

「表情？」他又摸摸自己的臉。

「你看起來隨時隨地都在生氣，明白嗎？」事已至此，就說清楚算了。

他聞言一怔，低低地「喔」了聲。「原來是這樣。」

「對，所以不要再說我矛盾了。」

也不照照鏡子，帥有什麼用，還不是每天都面癱。

帥哥雖好，但對著一個不會對我笑的帥哥——

比我對著螢幕裡的佐藤健發花痴還浪費時間。

俞立寒放下雙手，瞅著我好一會兒後開口。

「我很少笑。」

「嗯。」

「所以說，我不笑，不是針對妳。」

「好。」

「好？」

不然呢？我還有什麼可回應的。

總不能說「啊原來你是因為個性差才很少笑」之類的話吧。

換我皺起眉，「『好』就是『我明白了』。」

「……妳今天精神也不錯，很好。」俞立寒切換話題速度之快，我完全跟不上。

奇怪我平常看起來到底是多萎靡啊？

「沒有，」我假裝掩口打呵欠，「我不行了，熬夜看電影看得好累，精神超不好的，我要回去睡覺了。」

他竟然浮現一抹笑，隨後彎腰從桌下拿出安全帽，兩頂。

「要不要感受一下《羅馬假期》的氛圍？」

「這個是……」

「全新的。」

新不新這是重點嗎？

重點是你跟我是什麼關係，為什麼……

俞立寒似乎看穿我的心思，「我只是想模仿一下《羅馬假期》的畫面而已。」

「多的是女生想給你載吧……」

「但能夠提到Vespa就脫口而出《羅馬假期》的只有妳。」

「因為我非主流啊。」

他轉轉眼珠，表情竟然有點可愛。「那麼巧，我也是。」

這我相信。

正常高中男生買機車才不會買什麼Vespa，有錢的買Kawasaki、YAMAHA，日常一點的買光陽、三陽，裝帥的買HONDA，或者各款仿賽，誰會買這種老人古董款啊。

## 立寒

這一切都是因為中暑的關係。

如果不是因為高溫造成我心智失常，我應該不至於接二連三做出自己都不能理解的決定，例如竟然訂了另一頂安全帽，竟然想說是不是可以載她去哪裡走走什麼的。

當然，平常的我也不可能說出「既然喜歡我，那麼為什麼每次跟妳說沒幾句話妳就一副想逃的樣子？」這種不要臉的話。

這發言真的很不妥，說完我才開始冒出一身冷汗，我都不知道自己原來有本事說出這種接近打情罵俏的話，何況對象還是個見沒幾次、無論如何都不太可能有什麼情愫在的女孩子。

我認為我只是因為同情她的病況，又因為她送的紙星星讓我想起了老媽，所以才對她另眼相看。至於想多跟她共處的理由，我想，很可能是潛意識裡要彌補一直以來覺得沒有好好陪伴老媽的內疚或是懊悔，才會造成這樣的結果。

老媽死後，我才意識到，即便休學一年陪在她身邊，但仍然有著揮不去的遺憾；或許，我一直就沒有好好走出來過，才會把情緒投射在她身上。

仔細想想，這樣對她好像不太禮貌。

話說回來，她太奇怪了，不是一個能用常理判斷和看待的女孩子。

非常怪異，不是會惹人厭的那種，但喜好舉止都非常另類。

竟然跟老媽看過同樣的港劇；說話的口氣和文句有時像是從古裝劇走出來的人物；上次看到她手拿著限制級的血腥暴力片；一眼就看得出Vespa的安全帽還知道《羅馬假期》；而且對徠卡的單色調也不陌生——種種跡象都讓我有種錯覺，她應該是從五十年前穿越來的，並不屬於這個時代。

她說她非主流，我想也是。

但過於非主流的人，在班上通常都過得不太好，看她的樣子，應該八九不離十，一定是沒有朋友的邊緣人。

不過，我幹嘛在意這個？

那是她的事啊，跟我一點關係都沒有。

沒必要去想。

唔，中暑真的是太可怕了。

「喂，我們現在要去哪？」她的聲音從後方傳來。

「妳有想去的地方嗎？」

「想去的地方好像沒有，但有想吃的東西。」

等紅燈時我停下車，「妳想吃什麼？」

「台鐵的排骨便當，六十元的那種。」

聞言我都傻了，完全是中年歐吉桑喜好吧。

「那會是女高中生喜歡的食物嗎？」

「非主流，不行嗎？」

「行，可以。」沒想到連吃東西都這麼另類。

「但是——」

「嗯？」

「我們倆現在在幹嘛？」她問。

「騎車。」

「是沒錯，但騎車幹嘛？」

「去買台鐵六十元便當。」

「然後呢？」

「找個地方吃便當。」

「喔。」她的「喔」充滿了肯定。

綠燈，在我催動油門瞬間，她忽地問道：

「我說你，不會是對我有什麼奇怪的想法吧？例如像哪部日本電影一樣，帥哥忽然決定找個低階女玩一玩什麼的。」

我差點急煞，這很危險，絕對會被後車撞上。

而且，到底什麼是「低階女」？！

「妳要亂講話也得等我停到路邊。這時候突然煞車很危險，很容易出車禍。」

「啊，抱歉。」

但她的口氣裡並沒有什麼歉意含量，反而滿是疑惑。

她該不會是認為自己誤上賊船（或者該說是賊車）了？

現在才擔心是不是上了賊車，是不是晚了點？

怎麼說呢，她完全不懂得掩飾自己的想法，不管是表情也好語氣也好，都太容易被看透。

雖然說心眼多不是好事，但完全沒心眼地活著，這樣真的可以嗎？

在學校裡會很辛苦吧？女孩子都是很可怕的生物，她大概沒辦法跟其他女生成為朋友……

不對，那不關我的事。

不管她有心眼還是沒心眼，都跟我無關。

……所以我就說嘛，中暑真的太可怕了。

07

如果要寫什麼「最難忘的回憶」之類的作文，就目前的人生經驗來看，也許今天可以列為素材之一。

正常來說，我應該要超開心，俞立寒是什麼人啊，人家可是讓一堆女生哭泣的帥氣俊俏高階男呢，這種高階男突然騎車載我，要帶我四處晃晃，感受《羅馬假期》的氛圍，我無論如何都應該跪下來謝謝神明吧。

何況當年，不，上學期我還跟他告白過，此時我應該要欣喜若狂才對。

但我沒有。

並不是不開心，多少有點小幻想，不過最多的還是不解。

之前認為他是為了肖像權的事才理我，現在話也說開，跟照片的事沒什麼關係。就他身上的小徠也能清楚知道，這傢伙嘴上說不是，但其實絕對是貴公子一枚，如此說來不可能是想跟我借錢。論功課，這人校排名列前茅，也不需要跟我這個數學只考了五分的傻逼切磋……

難不成他真的只是因為無聊才隨便找人殺時間嗎？若真是如此，那……也沒關係。反正我有點事忙也好，不會整天想著是不是乾脆殺去薛雅鈞家求和。

話說回來，薛雅鈞會不會過分了點？到現在還是沒理我。

在台北車站大廳等俞立寒買便當的時候，我拿出手機，確認了好幾次。沒有，薛雅鈞還是沒理我。這幾天我每天都傳了好幾通訊息，但他全部已讀沒回。

是不是真的該直接殺去他家……

「除了台鐵便當，我也買了茶。」

「嚇我一跳。」我拍著胸口。

「看什麼看得這麼認真？」

「沒什麼。」

俞立寒切換成「小小不悅」式的面癱，「不說就不給妳便當。」

「切，我不會自己去買嗎？一個六十又不是六百，我還買得起。」

「我相信妳買得起，但人家賣完了。」

「什麼？！」

「最後兩個排骨便當了，」他舉了舉提袋，「現在去，只剩雞腿了。」

啊啊扼腕！

我心不甘情不願瞄了眼俞立寒手上的便當。

食慾這種東西真是萬惡的淵藪！

「……我只是在滑手機，看看薛雅鈞有沒有回我訊息啦。」
「有急事的話打電話比較快。」他相當不以為然，臉色難看到極點。
「我打過了，連打了好幾天，他不接就是不接，我有什麼辦法。」
俞立寒聞言顯得很意外，「妳是說，薛雅鈞好幾天都沒接妳電話？」
「嗯。從那天我跟他在CappuLungo分開後，他就不理我了。」說來就傷心，當然也有點生氣，但……無論如何我並不想鬧脾氣冷戰。
俞立寒挑眉，「……他真的不是妳男朋友？」
我瞪他一眼，「就不是啊！我才不容許我男朋友跟我冷戰。有什麼不滿就直接說清楚，速戰速決，我最討厭拖泥帶水的人事物了。」
「……這樣啊。」他淡淡地點了點頭。
「就是這樣。好啦，八卦你也聽夠了，可以把便當給我了吧。」我伸出手。
「現在給妳？」
「不然呢？喔對，我還沒給你錢，不好意思我都忘了。」
他阻止我翻包包拿錢，「不用了，沒多少。」他停了一下，「找個地方吃便當吧。」
「啊？」

「不然妳要把便當放到壞掉嗎？」

「不是，」我看著他，他好像只是在談今天天氣似的。「我們一起吃？」

「剛剛在騎車的時候不就說了嗎？買便當，然後找個地方吃便當。」

我脫口而出，「說是這樣說，但你沒說要『一起』吃……」

俞立寒利用身高優勢，居高臨下地瞅我一眼。「有什麼不能一起吃的理由嗎？」

「……是沒有。但，讓人誤會……就不好了。」

他面無表情，看不出到底是懷著什麼心思。

「妳不是說薛雅鈞不是妳男朋友嗎？那就不會有人誤會——還是說，妳有男朋友，只是那人不是薛雅鈞？」

真是無語。

完全說不出話了我。

這人一旦取消字數限制（什麼鬼），就突然伶牙俐齒起來。

我伸手拉他，「……走走走，我們去吃便當，『一起』吃啊，『一起』。」

「妳不是怕被誤會？」他再度面癱，反手拉住我，問道。

「我是怕『你』被誤會。既然你無所謂，那就一起吃吧，反正請客的人最大。」

□

俞立寒盯著我，「……我的要不要也給妳？」

我正咬著心愛的豆包，一時沒辦法回應。

俞立寒慣性皺眉，然後將他便當裡的豆包夾給我。

真是，早知道他這麼客氣，我這時就先咬排骨了。

我吞下嘴裡的豆包，「你不吃嗎？」

「我覺得妳比我更需要。」他無限嚴肅地點著頭。

「除了豆包外，我也很需要排骨。」我也故意嚴肅地說。

「嗯，好。」

「不不不，我開玩笑的，你自己吃啊。」

「妳需要多攝取蛋白質。」他不由分說，真的把排骨也夾給我了。

我放下便當，正色對著他。「俞立寒。」

「嗯？」他也回望我。

「你幹嘛對我這麼好？你就說出你的目的吧，不然我真的覺得好可怕。」

「目的？」他一怔，「我的目的？」

「我跟你說，這種重複對方台詞的行為在電影裡可以視為拖戲的一種。」

「妳未免也太愛看電影了。」他感嘆地回了句，「上次還拿著達利歐·阿基多的DVD走來走去。」

「現在不是聊阿基多的時候。」我注視著俞立寒，「我只是單純想知道，你為什麼對我這麼好？」

「一個豆包加一塊排骨就叫『好』？薛雅鈞是沒請妳吃過東西嗎？」

他勾起嘴角，我都不知道他那表情是在暗自恥笑我還是恥笑薛雅鈞了。算了，有表情總比面癱好。

「你少扯到他。」

俞立寒放下便當和筷子，站了起來，往前走幾步，伸個懶腰。

「……這裡視野真好，看得到101呢。」

這裡是象山步道入口，看得到101不是很合理嗎？

我也放下食物，走到他身邊。「……你不會要說，『你自己都不知道為什麼』之類的吧？」

他轉身，輕輕一笑。「在妳的世界裡，做什麼事都一定要有理由嗎？」

「這不是理所當然的嗎？難道在你的世界裡做什麼事都可以沒有理由、沒有動機？」

他竟傲然點頭。

什麼鬼。

既然你都這樣說，那我就不客氣了。

我踮腳，伸長手，捏了他的臉一下，他瞪大眼，撫著臉頰，不明所以。

「不要那樣看我，之所以捏你，並沒有任何理由。」

他呆了呆，但並沒有生氣。

嗯，早知道就大力點。

過一會兒，他似乎稍微考慮了一下，才說道：

「在妳離開前，跟我一起消磨時間，不好嗎？」

不是要不要跟你相處的問題，而是為什麼你會想這麼做？

你幹嘛想跟我一起消磨時間？

看你人也不壞，不至於想捉弄我這種低階女吧？

「……不過，今天天氣真的很好。」俞立寒沒等我回答，忽道。他瞇著眼，看向非常非常藍、而且那種藍裡還透著一些柔軟陽光的天空。

嗯，這倒是真的。

真是莫名其妙的好天氣，雖然炎熱，但仍有微風輕拂，而且天空的顏色難得乾淨得像鉛筆淡彩畫一樣。

「看袋鼠的好日子。」我看著天空，喃喃自語。

「遇見100%的女孩。」俞立寒接口。

「但現在不是四月，也不是早晨。」

「至少很晴朗。」

然後，我們自然而然地望向對方，帶著訝異，會心一笑。

那是村上春樹的短篇〈四月某個晴朗的早晨遇見100%的女孩〉，〈看袋鼠的好日子〉也是，收錄在同一本書中。

「……其實你真的很非主流。」我說。

「現在才意識到是不是有點晚了？」他揚起笑。

「看到Vespa的時候就知道了。」

「是嗎？」

「是啊。」

他忽然問道：「上次那兩張阿基多的DVD好看嗎？」

「我還沒看呢。」

他點點頭，想了想。「先說，這只是提議，不勉強。」

「嗯？」

「既然我請妳吃了妳想吃的台鐵便當，那麼，作為回禮……跟我一起看阿基多的電影吧。」俞立寒看起來不像在說笑，此刻的他是「我認真的」式面癱。

要跟俞立寒一起看電影？

擁有告白紀念碑、冬至那天最有可能被綁上頂樓被大家輪流告白的俞同學？

怎麼有點小開心呢？嘿嘿。

我考慮了一會兒，「也不是不行……但要在哪裡看？」

「妳都在哪裡看？」

「我家客廳。」

他點點頭，「那就妳家客廳。」

「咦咦咦？！」

「我會很有禮貌地登門拜訪，不會失禮。」俞立寒似乎有點不好意思，語畢還咬了下嘴唇。

「那個倒是無所謂……但是這樣我就得整理家裡了。」我真是太老實了嗚嗚。

他果然笑了。

「我不會去偷看妳房間，不整理也沒有關係。」

我嘆口氣，「老實說我是一個人住，所以全部的空間都是我在使用，當然，打掃也由我自己負責。」

俞立寒驚道：「妳父母不住台北嗎？妳自己在台北租房子？一個人？妳現在這樣，他們怎麼可以還讓妳……」

我現在哪樣？

啊，上次聽到了我講電話，所以指的應該是我一個人照顧泡泡的事。

「不是……總之，情況有點複雜，以後有機會再告訴你吧。」

他若有所思地望著我，很能理解似的點點頭。

不知為何，我總覺得俞立寒的「理解」不太可靠，好像誤會了什麼。

這個人怪怪的，嗯，真的。

□

後來俞立寒送我回家。

仔細想想，我跟他的關係在短時間內拉近不少，除了有點在意他的動機之外，其他部分並沒有什麼困擾或不開心。其實俞立寒人滿好的，雖然還是三不五時會面癱，但當他終於揚起笑時的反差格外好看。

只是，我總覺得他看我的眼神，偶爾會有說不出的異樣感。

跟什麼喜不喜歡扯不上邊，就是……有一種相當難以解讀的情緒在。

至於我自己……意外地覺得跟他在一起很放鬆，三不五時還能被他的「美貌」驚豔，其實還滿開心的。

「今天謝謝你的便當，真的超久沒吃到了。」在家門口，我把安全帽遞給俞立寒時說道。

「不用客氣，反正妳會回請我看電影。」他沒接過安全帽，只是用下頦比了比。「這妳帶回家吧。」

「我帶回家？」

他點點頭，但其實讀不出他在想什麼，果然是面癱界霸主，末期面癱患者。

「那就明天中午……對了，我來的時候需要帶些食物還是飲料嗎？」

「啊，肥宅快樂水！」我比了個二，「兩公升的。其他吃的我會準備。」

沒想到俞立寒一臉不解，「肥宅快樂水？那是什麼？」

這下換我很訝異，「就可樂啊，你……」

他點頭，「對，我沒聽過。」

你怎麼知道我要說什麼？

太厲害了。

「總之，那就明天中午見了。」我說。

「早點休息，再見。」俞立寒揮揮手，轉身離去。

「再見。」

我目送他騎上車，揚長而去，同時心想，這個人帥歸帥，但真的太奇怪；現在才下午三點多，竟然叫我早點休息？我看起來有這麼需要午睡嗎？雖說那不是什麼惡意，是一種善意和體貼，但還是讓人難以理解。

「妳過得挺好的嘛。」

「啊！鈞鈞！」

薛雅鈞從行道樹後方走來，我奔上前。

「你終於出現了！喂，你是不是太無情了點？整整，不，不止一個星期都不理我，很過分耶。」

薛雅鈞臉很臭，雙手插在褲袋，站在原地。

「理妳幹嘛？妳不是馬上就有人陪了嗎？而且還是妳柴小姐的夢中情人。嘖嘖，我真沒想到，真的。」

「你說俞立寒？哎呀，你別亂想喔，我們只是最近幾天才變熟一點點。總之，俞立寒的事不是重點，重點是，你終於消氣了，對吧對吧。」

他挑眉，緩緩說道：「本來是消了一點，但現在親眼目睹俞立寒送妳回來，我又覺得很不爽了。」

「別這樣嘛，我們鈞鈞不是這麼小氣的人啊。」

唉，我已經很低聲下氣了，你就不能順著台階走下來嗎？事實上我根本就沒做什麼惹你生氣的事，但為了我們長久以來的交情，還是一直低姿態先求和，你可不要太過分了。更何況，俞立寒跟我們倆的爭執沒有半點毛關係，他可是貨真價實的局外人。

「喂，柴彥珊，我問妳。」他冷冷看著我。

我一凜，這人絕少連名帶姓叫我，只有很不爽的時候會這樣。

「你問。」

「妳之前是不是沒有跟我說實話？」

「實話？哪件事？」

他瞪著我，「『哪件事』？妳到底有多少事沒跟我說實話？」

我耐著性子，「我不是這個意思，我只是不知道你對哪件事有疑問。」

我連喜歡什麼人跟什麼人告白這種羞恥度滿點的事都跟你說了，我還有什麼好瞞你的？

「妳之前就跟俞立寒有在互動吧？就，結業式之前。」

「沒有，真的沒有。」我正色答道，「而且，如果我跟他有什麼互動聯絡，並沒有什麼好隱瞞的。」

他還是不太相信，「是嗎？」

「第一，我們沒有需要隱瞞的理由；第二，如果真的平常就有在聯絡，那他為什麼還要讓蔣什麼的來找我？想也知道不可能。」

愈解釋，我就愈火大，到底為什麼我要被你用這麼差的口氣質問這些五四三的蠢問題？

「那他剛剛為什麼送妳回來？」薛雅鈞臉色蒙上一層灰，伸手搶過安全帽。「這又是什麼？」

「那是一頂安全帽。」我沒好氣地拿回來。

「妳怎麼會有安全帽？」他冷冷地問。

「俞立寒借我的。」我忍住怒氣，試著好好說明。「他騎車載我去買東西。我相信他只是無聊，我也剛好無聊，就這樣。」

薛雅鈞定定看著我，目光冰冷。「我剛剛聽到，妳跟他明天約了要去什麼地方。」

「不是要去什麼地方，是說好要一起看電影……他會來我家。」

薛雅鈞像聽到哪個人的訃聞似的，雙目充血，低低迸出一句：

「……很好，非常好。」

完了，他真的氣炸了。

「我們只是一起打發時間而已……你……你不要……」

心累。說不下去。

為什麼我像是做了什麼錯事一樣，一路解釋到現在？

我就不懂了，你在意這個要幹嘛？你又為什麼一直咄咄逼人？

真的，不要一直摧殘我求和的心，好嗎？

「打發時間？！妳跟他，兩個人，一起出去，一起看電影，說不定還一起吃東西，這種行為就叫約會、戀愛。什麼打發時間，妳唬我，當我三歲小孩啊。」

聽到「妳唬我，當我三歲小孩啊」這句薛雅鈞除去玩笑話、有史以來最沒禮貌的發言後，我真的忍不住了——

「薛雅鈞你夠了沒。你知不知道自己在說什麼鬼話？喔，那按照你的邏輯，我跟你不就從小學開始談戀愛、開始約會了嗎？那你中間還交女朋友？還收人家情書？什麼跟什麼嘛！」

薛雅鈞聽到我的話，收起極度不悅的神色。

他注視著我一會兒，我被他看得渾身不自在。

「……好。」他說，換上平靜且平淡，判若兩人的口氣。「我明白了。」

「明白什麼？」現在換我不明白了。

他從口袋裡掏出一個隨身碟，在手上拋了拋，接著冷不防往地面上一扔，就像隨手丟個小小垃圾似的，而往來的車聲蓋過了隨身碟落地的清脆聲響。

薛雅鈞旋即轉身離去。

我開口喊他，而薛雅鈞沒理我，只是充耳不聞，大步離開。

要說我什麼也感受不到，那是騙人的，

但措手不及，是真的。

結業式那天也好，見面時提了要去英國的事也好，我雖然不敏銳，但隱約有點感覺。也許是我自己鴕鳥心態，不想面對，也可能是因為泡泡的事，讓我無心多想，總之，我並不能真心否認，我真的「什麼都不知道」。

問題是，有些事沒必要去觸碰，也沒必要打開天窗。

一直像這樣下去不好嗎？

不能一直這樣下去嗎？

而這時，薛雅鈞的背影，已經消失在街角了。

薛雅鈞跟我的友情，是不是最終仍沒得選擇，只能如此收場？

如果我下個結論說，站在旁觀者立場來看，簡直比電影還精采——我想應該會被她打爆。

但這確實是我第一時間的感想。

至於第二時間的感想則是：「嗯，薛雅鈞應該喜歡她吧」、「隨手亂丟東西不太好」，以及「看來薛雅鈞挺有脾氣的」。

其實我本來折返只是想說一聲，可樂不健康，明天我會買別的飲料，不過沒想到碰上了驚人的一幕。

我在車上看著薛雅鈞離開，又看著她呆呆站在原地好一會兒，我很清楚不該插手，但等我意識到時，我已經下了車、撿起了薛雅鈞丟下的小東西（原來是個隨身碟），並且走到她面前了。

她抬頭，臉上寫滿訝異。

沒等她開口，我便說道：「我本來只是想回來跟妳說，少喝點可樂，我明天會買別的飲料來。」

「你怎麼知道我要說什麼？」

「因為妳的問句一向都寫在臉上。」
「喔，是喔。」
她有氣無力地應了聲，既沒有細究，也沒有反駁。她臉色蒼白，雙頰沒有血色，該不會要昏倒了吧？
「妳沒事吧？」
她搖搖頭。
這女孩子怎麼可以這麼好懂？
那搖頭代表的分明並不是「沒事」，而是「別問」。
我看著她，想起了掌心裡的隨身碟，伸手遞給她。
她瞅著隨身碟幾秒後，再度抬眼。
這次她臉上的句子換成：「你該不會全都看到了吧？」
這也沒什麼好否認的，我點點頭。「都看到了。」
她泛起一抹苦笑，「我開始相信，原來我真的都把問句寫在臉上了。」
我扯扯嘴角，笑也不是，板著臉也不是。
她注視著手中的隨身碟，嘆了口氣，接著看看錶。
「俞同學。」

「嗯？」

「選日不如撞日，如果你沒事的話，要不要現在就來看電影？」她問。

選日不如撞日？還是那樣老氣橫秋、上個世紀的說法；而且她臉上其實寫著的是：「此時此刻我不想一個人待著，你可不可以陪我？」

我看了眼車，很好，停在停車格內，不必移動，接著再看看四周。

「需不需要我去買點喝的？」我比向不遠處的SEVEN。

她點點頭，然後開始翻皮包，拿出鈔票。

「我知道可樂不健康，但是它——」

我打斷她，「它是『快樂水』，我懂。兩公升的對吧。」

她有些不好意思地點點頭，把鈔票塞給我。

「還要洋芋片。」

「……」我推回鈔票，「該不會連爆米花也要吧？」

這次她臉上浮現的句子是：「你怎麼知道？但我有羞恥心，實在說不出口。」

我嘆了口氣，「要什麼口味的？」

「洋芋片要蚵仔煎口味，爆米花要鹹奶油的。」

真拿妳沒辦法。

「妳先上去把不能讓我看見的東西收一收，我等等按電鈴。」

「嗯，好，謝謝。」

看著她找出鑰匙，打開一樓大門，不知道為什麼我的心情忽然還不錯。

像是完成了什麼事，還是正要準備去旅行，或者拍到了非常滿意的照片那樣，有一種淡淡的明確的滿足感。

奇怪。

剛看完人家跟朋友吵架，結果我現在心情不錯？

我什麼時候變成這種又八卦又愛看人好戲的個性？

我明白了，這絕對是中暑造成的連續性負面影響。

一次中暑，就會頭昏腦脹好幾天，真是傷身。

所以說，溫室效應、氣候變遷真的是不得了的大事，現在連日常生活都受到影響，不行，看來以後真的要好好關心環保議題了。

將鑰匙放在鞋櫃上時，手心裡的隨身碟也一起落在同個位置。

家裡靜悄悄的，合理。

我忽然很想很想泡泡。

以前在學校有什麼不開心的事，只要打開家門，看到泡泡搖著尾巴走向我，不管本來有多傷心難過，都會因為泡泡瞬間消散大半。但現在只有我自己了。

我打起精神，一面後悔一時興起邀了俞立寒，一面為了薛雅鈞剛剛的表現而煩躁不已。現在不面對真的不行了。只是……我並不知道能怎麼辦，該怎麼做才好。

算了，等等還有客人要來，得先收拾一下家裡才行。

我把懶得整理、收拾的雜物先全堆到書房去，還好並不多，接著檢查一下客用衛浴，還好，前陣子老爸才替我請了居家清潔來打掃過。接著將客廳茶几收拾妥當，把書呀DVD呀先收進抽屜，然後去廚房洗了杯子，準備裡放零食用的大碗。

就在我準備好客用拖鞋時，俞立寒也剛好抵達。

「請進。」我打開大門，只見他手上大包小包。「全都是吃的？」

他點點頭，進了門，我想接過提袋，但他縮回手，沒讓我提。

「很重。」他說。

「喔。」

「打擾了。」

「還是給我吧，你才好脫鞋。」

我伸過手，俞立寒掂掂手裡的袋子，接著索性放在地上。

「妳家地板很乾淨。」他補了句。

俞立寒似乎不知該看向哪裡，可能覺得隨意打量別人家並不禮貌。

也是。就這樣跑到不算熟的同學家一起看電影，稍微靜下心來就會意識到，好像有點尷尬、有點不好意思。別說是他，我也覺得自己太冒昧。

不過，在那個當下，多少有點抓住浮木的意味。

我只是害怕自己一個人待著而已。

不過那種心情其實很快就消散了，現在想來，當時真該好好忍住的。我看向俞立寒採買的大量零食和飲料，忽地萌生一種「我好像連累他了」的小小感觸。

□

「好了，食物飲料一應俱全，那麼接下來就是挑片了。」我說。

「那天在CappuLungo妳不是拿著兩部阿基多的片子嗎？就看那個吧。」

我拿出那兩張薛雅鈞送的DVD，但並沒有拆開。

「你竟然一眼就認出是阿基多的電影，你比我更非主流。」

俞立寒點頭，「說不定喔。」

我猶豫了一下，最後還是放下那兩張DVD，俞立寒彷彿看穿我，問道：

「那該不會是薛雅鈞送妳的？」

我摸摸臉，「我臉上又寫字了？」

他正經八百地表示同意，「很長一句。」

「最好是。」我想了想，「啊，我還有自己訂的DVD，聽說台灣在哪次金馬影展的時候有放過，我看一下，在這裡，《Deep Red》，要看嗎？」

「《Deep Red》！這部我很有興趣，沒想到妳竟然有。」他忽然眼前一亮，面癱模式完全關閉。「聽說一開始就告訴大家兇手是誰，但要到最後才會意識到。裡面還出現了一家根本就像複製《夜遊者》構圖的酒吧，這部電影的構圖非常有意思。」

我一面拆開包裝，一面不禁說道：「你這麼不主流，在學校不會很痛苦嗎？」

嗯，說完才覺得好像不該這麼問的。

俞立寒抬眼，「我才想問妳。」

我想了想，也沒什麼不能說的。

「對啊，是有點……現在比較好了，我很認真地了解班上流行什麼，總算能搭上話。」

「那以前呢？」

「以前？」

「『現在比較好了』，那就是以前比較不好。」

我把DVD放入碟盤，坐回沙發，確保跟俞立寒相隔一段距離。

「……你都說了，沒錯啊，就真的是『以前比較不好』。」

他不置可否，點點頭。

「那薛雅鈞呢？既然他跟妳是好朋友，那他也一樣非主流？」他問完後又補了句：「不好意思，如果妳不想提……」

「沒有。」我爽快地說，「他很主流，不管是想法還是喜好都很主流。」

「他不喜歡阿基多嗎？」俞立寒輕輕一笑。

「他不能接受任何距今三年以上的電影，而且他看電影的方式，比較傾向看那種十分鐘說完一部片的電影YouTuber。只要知道某部電影在幹嘛，大家看完後普遍的想法就可以了。電影對他來說是朋友同學間的聊天素材，不是興趣。」

「那還能幫妳找到阿基多的DVD，不容易。」俞立寒說道。

「是啊。」說到這裡我感到內心浮現一絲疼痛，「他很努力想對我的喜好產生興趣，而且還常替我找尋那些很難入手的電影。」

俞立寒的笑意略減半分，但嘴角仍然微微上揚。「我想我可以理解。」

我偷偷看他一眼，接著馬上拿起遙控器，免得被他發現。

俞立塞果然跟薛雅鈞是完全不同類型的人。

長相固然屬於不同的派別，氣質也很不一樣。俞立寒是高冷古典型，那雙鳳眼目光流轉，太有殺傷力，又自帶貴族氣息，但陽剛程度略欠薛雅鈞些許；薛雅鈞是陽光帥哥，笑容很有魅力，以動漫來說，是正統型的男主角，不過就我的審美來看，他的五官精緻度稍遜俞立寒幾分。

行為舉止也不用說，俞立寒不知是不是比我們大一歲的緣故，似乎所有行為都比薛雅鈞更加……嗯，不知道怎麼形容才好……

但我並沒有多想，隨著開場詭異的音樂響起，注意力全都集中在電影上了。

「那童謠很變態，配樂氣氛很夠……」

「說是很早就告訴我們觀眾兇手是誰，但是沒看到什麼可疑的人物……」

「會在屋子裡掛那些畫的人本身就很可疑。」

「對對，我懂你的意思，那個審美真的是……」

「妳看那家酒吧，就是《夜遊者》構圖的……喂，阿基多也太故意。」

「所以是名畫前的兇殺案耶。」

「妳在高興什麼啊？」

「男主乍看不怎樣，但跟女記者對話時有點可愛。」

「那樣叫可愛嗎？」

「他解釋說不是討厭她，而是不知道忙到何時的小表情是有點可愛呀。」

「『小表情』？為什麼要加一個『小』字？之前叫我的相機也是加個『小』字……」

「不行嗎？小徠小徠，很可愛啊。」

「它是一台很酷的相機，不需要可愛。」

「男生還這麼愛計較。」

「妳這是反向的性別歧視。」

「吵死了。喔！這句有點好笑，『我和卡洛的爸爸結婚時，卡洛還沒出生呢。』」

「這句才不好笑，這句是要表達卡洛的媽有點怪。」

「這我當然知道，真是沒幽默感。」

「等一下，妳已經吃完兩包洋芋片了？」

「嗯啊，誰叫你動作慢。」

「很不健康，小姐。」

「我還喝了好幾杯肥宅快樂水呢，怎麼樣。咦，那人算是卡洛的男朋友還是女朋友？長得其實不錯耶，比女記者好看。」

「唔……這是個好問題。到底算卡洛的男朋友還是女朋友？」

平常都只有我一個人看電影。

偶爾薛雅鈞會來一起看片，但他很不喜歡老電影。如果開口邀請他，他一定會答應，但每次不管電影有多恐怖或多精采，他都能在一片尖叫或爆炸聲中睡死。幾次之後，我覺得對他很不好意思，就不再邀他，他好像也鬆了一口氣的樣子。喜好這種事不能勉強，就像如果他想逼我玩「原神」、「極速領域」或「傳說對決」，我一定會為了友情而努力，但其實毫無興趣，痛苦萬分。

但今天很不一樣。

俞立寒開始看電影後完全打開了話匣子，跟之前面癱又惜字如金的樣子截然不同，最讓我訝異的是，原來他也會扯些五四三。真沒想到俞立寒比我還非主流，原來跟同好一起看電影，邊看邊猜劇情外加亂講垃圾話，是這樣的感覺。

嗯，還滿開心的。

□

「……比我想像中好看，我還被開場的鞋子騙了。」電影結束後，俞立寒十指交錯，認真思考著。「畫面的色彩和構圖都很有意思，特寫道具的運鏡雖然老派，但在當時應該很新潮吧。兇手出場的提示其實很明顯，只是人都會被視覺所騙。」

「你看完電影都這麼正經八百的分析嗎？」我收好DVD，好奇問。

他挑眉，「我以為妳會想聽。」

我笑出來，「一點也不。我雖然喜歡電影，但卻從來沒有什麼心得感想。」

「沒有感想？」

「只有『嗯這部很好看』『這部真渣』『把浪費的兩小時還給我』『男主真帥』這種結論而已。」我很坦白地說。

他想了想，「沒什麼不好。妳只是留下了最重要的東西。」

他看向我，大概又讀懂我的不解，於是補充說明：「那是一種更精煉的結論，就像我們的學習成果最終會化為考試分數那樣。」

「……你真的只比我們大一歲嗎？」

「我會把這句話當作讚美。」他淺淺一笑。

「可以問你，為什麼會休學一年嗎？」

俞立寒先是輕輕點頭，接著答道：「那年我媽媽病況很不好，就休學一年陪她。」

「那她現在……」

「她在那年年底過世。」

「喔。」我只能說，「很遺憾。」

俞立寒換上以前那種陰鬱的神情，從沙發上起身。

我以為因為我提到了不該提的傷心過往，所以他決定告辭，但接下來的發展完全出乎我意料。

俞立寒走到我面前，定定地注視著我好一會兒。

「我那天在小公園，聽到妳在講電話，我想告訴妳，」他像是不得不坦白什麼秘密似的，深深地望著我。「對於妳的病，我很感同身受——」

我不可置信地舉起手打斷他，想確認自己是不是哪裡聽錯了。

「你說，對於我的病？『我』的病？」

他無奈且同情地點點頭。

「真的很抱歉，我不是有心偷聽妳的個人隱私。但我既然已經知道，那就沒辦法視而不見，當作什麼都不知道。妳可能會覺得我多事，不，妳可能根本就不想從我這種外人口中聽到這些，也不希望被提起，但是……」

是還不至於跌坐在沙發上，但我的身體還是稍微搖晃了一下。

「妳還好嗎？要不要坐下來？」

我搖搖手示意不必。

雖然只有幾秒，但已經有太多太多的「啊，原來如此」在我腦中狂奔亂竄，差不多就像花衣魔笛手抵達前哈梅恩村裡的鼠群那樣。

拍了我的照片後要找我，替我包紮傷口，帶我去麥當勞，在咖啡店前關心我，帶我去買便當還有什麼多吃蛋白質等等等等……好了，我全都明白了。

所以，俞立寒以為我身患絕症、來日無多，才對我這麼好，好到讓人誤會（我絕對沒有偷偷認為他可能喜歡我）。而且，很可能是基於他母親因病離世的過往，他才會紆尊降貴，來關心我這個根本不熟的低階女。

不是，你這人是同情心氾濫嗎？你怎麼不去醫院當義工啊？我的老天。

接著我開始努力回憶，俞立寒之所以會有這種已經遠遠超越「離譜」二字的誤會，我自己是不是有部分責任。

天哪，真的完全不知道該從何解釋起。

其實很簡單一句話：「你誤會了，那天我是在跟我媽談貓的事」就夠了，反正是你自己亂腦補又沒查證。但現實怎麼可能那麼輕鬆，光是猜想俞立寒聽到我說明時的反應，我就覺得血液開始倒流。

只是，就算俞立寒從此不再理會我，我也沒辦法不當場講清楚。

「那個……」我說，聲音像被乾燥肉鬆嗆到的鴨子一樣又扁又燥。

俞立寒看起來都快要伸出手扶我了。

我往後一步，想著有沒有什麼可以減輕衝擊的開場白。

問題是，這種事怎麼可能會有適合的開場白啊？！

「我跟你說，你誤會了。」我好不容易才擠出這句話。

他搖搖頭，「我可以明白妳並不願意提起——」

「不是這樣的！」不行，現在不鼓起勇氣說清楚，以後真的沒完沒了。我一鼓作氣，咬牙說道：「我沒有生病！那通電話裡說的，是我家的貓泡泡。你可能聽到我在跟我媽媽說泡泡的檢查結果，還有獸醫要我們做好心理準備之類的話，但那並不是在說我的事，是在說我家的泡泡！」

「妳家，的貓？」我感覺自己的臉正在發燙。

「嗯，我家的貓。牠叫泡泡，肥皂泡泡的泡泡。」

她臉上寫滿歉意，彷彿是她說謊騙了我。

但她無須如此。

是我。

是我自己。

是我自己的問題。

確實，我並沒有任何確實的證據可以作為判斷依據。

她帶著幾絲不安看了我幾秒，接著突然走向電視櫃，翻出一疊文件。

「這些，是泡泡的檢驗報告。」

她看起來不太好，有點委屈，一手拿著貓的檢驗報告，一手捂著胃。

「那泡泡現在呢？」我聽到自己開口。

就在那瞬間，她的「不太好」和「委屈」，轉為明顯的「悲傷」。

我能感受到她倒抽一口氣。

半晌後，她輕輕開口，快哭出來似的：

「……臨終關懷，已經不需要了。」

回家的路上我可能不知不覺超速了。

稍微冷靜一下就能明白，她一點過錯也沒有，完全就是我自己憑空腦補出來的。什麼絕症，我怎麼可以這麼有想像力？我又為什麼要生氣？

不，不是對她生氣，我是在生自己的氣。

太可笑了。

為什麼我的判斷力完全消失？

我到底是怎麼了？

媽的。

後來，俞立寒什麼也沒說，靜靜地走了。

送他出家門時，我說不出再見，其實沒必要，反正不會再見了。

我把他借我的安全帽交還給他時，他伸手接過，一語不發。

我看不出他有沒有惱怒生氣，他只是回復以往那樣的面癱。

他離開後，我鎖好家門，倒在客廳沙發上。

我看著茶几上泡泡之前的檢驗報告發呆。

泡泡不知道怎麼樣了。

是在貓咪天堂裡跟其他阿貓們一起玩呢？還是停留在最後最後的時空裡，就這樣靜止了？但再也不必恐懼原本感情很好的主人，現在每次一靠近，就是要替牠打針、餵藥……不會痛，也不再害怕，不必再去醫院聞藥水味……這樣的話，無論如何都是好事吧。

至於俞立寒的誤會，說到底我沒有責任，但不知道為什麼覺得心很累。我跟俞立寒相處的時間不長，之後不再來往並不會心痛，只是有點可惜。沒多久前我還心想，以後說不定有伴可以看電影了，但現實反轉的速度比我想像中更驚人。

仔細算算，我們的友誼可以說是我人生史上最短吧，真慘。

而我們鈞鈞，看來以後不會再是「我們鈞鈞」了。我其實有點意外，自己好像對目前這樣的發展並不驚訝，更多的是惋惜。我更訝異的是，我好像沒什麼想挽回這段友誼的想法。我不太明白為什麼會這樣，我應該要很想很想修復我跟薛雅鈞之前的關係才對，但並沒有如此強烈的心情。

我想著泡泡，想著俞立寒，想著薛雅鈞——

今年暑假可以再爛一點沒有關係。

□

之後幾天，我什麼也沒做。

正確來說，是除了上廁所、洗澡外，基本上全都在沙發上賴著。

智慧型電視加上沙發真是好組合，我看累了就睡，睡醒再看，非常正向的循環。我把老爸時代的科幻影集從第一季看到第十一季完結，外加兩部電影篇；一邊想著男主角福克斯·穆德真渣男也、女主角史卡莉太好騙，一邊喝著完全無法讓人快樂起來的肥宅快樂水，讓腦袋放空。

這不就是我夢寐以求的墮落暑假嗎？

我還有什麼好不滿的。

而且，除了老爸沒人傳訊給我，很好。

我躺在沙發上，側著看向電視，考慮要不要重看我最喜歡的1988《Dead Ringers》，雖然1964年版的《Dead Ringer》不錯，但1988年柯能堡的版本實在太經典。表面上看起來像是雙胞胎兄弟跟一個女人的三角戀，但我真心認為雙胞胎男主才是彼此的真愛。

薛雅鈞聽到我的想法時，用很嫌棄的表情問「妳性格到底是有多扭曲啊，怎麼會喜歡那種電影」。現在想想，我可能真的是個扭曲的人。

我始終都不明白，為什麼那天之後，我沒有再找過薛雅鈞。

一方面我很捨不得他，另一方面又覺得也許這樣也好。

後來，我索性不再去想。

反正大腦這種東西，短時間不用也不會壞掉。

不對，我的說不定早就出了什麼問題。

嗯，那就更沒差了。

昏昏沉沉之際，我聽到了手機鈴聲，是老爸打來的。

「喂？爸？」

「珊珊啊，妳在家嗎？」

「嗯，在啊。」

「可不可以麻煩妳，到七樓幫Sandy收拾幾件換洗衣物，然後拿到醫院來？」

我整個人嚇醒。

Sandy是新媽媽的英文名。

「她怎麼了？可以啊，當然可以。」我一時語無倫次。

「沒什麼，就是寶寶們情況不太穩定，要留院觀察幾天，爸現在在急診室走不開，要等病房，只好麻煩妳。」老爸的口氣聽起來還算平靜，「她的換洗衣物在主臥進門左側的五斗櫃從上往下算第一個抽屜。我們在國泰醫院，妳坐計程車過來，路上一定要小心，安全第一，知道嗎？」

「好，好。我到了打給你。」

在急診室找到老爸時，我意識到自己冒了一身冷汗，老爸接過我手中的袋子，拍拍我的背，陪我找了張椅子坐下。

「我沒關係，你快去陪Sandy。」

「不行，妳臉色很難看。」老爸盯著我的臉，「前幾天還沒這麼憔悴，不會把錢都拿去買DVD，結果沒錢吃飯了吧？」

「看你說的，我刷Uber Eats都用你的附卡，你看帳單也知道我是不是每天都有吃飯。」

「這倒是。那麼，是因為跟鈞鈞吵架的事了？」

我捂著胸口，「為什麼你會知道？又是薛媽媽跟你講的？」

「鈞鈞媽媽可是我跟妳媽的學妹，兩家人又住得近，時常聯絡，這不是很正常嗎？」老爸超級輕描淡寫。

「那……她有說薛雅鈞最近怎麼樣嗎？」

「她只問說，妳跟鈞鈞是不是不可能復合了，她在想要怎麼勸鈞鈞比較好……」

「什麼復合，根本沒在一起過復什麼合啊？爸，拜託，不要連你都這樣想。」

老爸揮揮手，「哪可能啊。鈞鈞雖然帥，但不是妳喜歡的類型，這點老爸還是很清楚的。」

這……你這說法很沒有可信度。以前小時候不懂事指著電視上的男明星說那個男生好帥，結果被老爸恥笑到現在，還到處跟認識的人宣傳，從那時開始，我深刻地記取教訓了——雖然你是我親生老爸，但我喜歡怎樣的男生，才不會讓你知道。

「那，你怎麼回薛媽媽？」

「妳爸爸我這麼正派，當然就實話實說。我跟鈞鈞媽媽說，妳早晚會去英國，就算出國計畫改變，也已經有喜歡的人了，所以只能跟鈞鈞說抱歉。」

「但，我沒有喜歡的人啊。」

你不會又跟薛媽媽說「我們珊珊說她長大要嫁給佐藤健」這種傻話吧？

「怎麼會沒有，上次不是有個男生騎車載妳嗎？那個好啊，妳不相信妳爸的人品沒關係，但要相信妳爸的審美，那個騎偉士牌的比較帥，真的，沒看過長這麼漂亮的男生。」

聞言我真是傻了。

「首先，怎麼會有人叫小孩不要相信自己人品，這到底是什麼發言啊。再來，那個男生跟我不熟，你這樣說，萬一薛媽媽告訴薛雅鈞，那薛雅鈞真的會恨死我。」

「鈞鈞是我從小看到大的，他不是那種小心眼的孩子，而且他個性很像他媽媽，多爽朗多大方啊。妳爸我當年也拒絕了鈞鈞媽媽的告白，但之後我們仍然能當好朋友啊。」

「等等……這個資訊量太大，我一時接受不了……」我呆了呆，「薛媽媽學生時代跟你告白過？她當時是瞎了嗎？」

「妳這孩子怎麼這樣說話。總之，爸的意思是說，鈞鈞過陣子就會消氣了，以他的個性，說不定已經後悔跟妳吵架了。」

不行，我頭好痛。

這裡是急診部對吧？

麻煩你們順便收治我吧謝謝。

「女兒啊，妳別那種表情啊，誰沒有年輕過嘛。」老爸笑著拍拍我，「總之妳跟鈞鈞的事妳自己看著辦，但是記得，無論如何不要劈腿。」

「喔？沒想到爸你竟然會給我忠告。」

雖然說這忠告跟現實八竿子打不著就是了，本姑娘別說兩個，連0.5個對象都沒有。

「身為妳爸，多少還是了解妳的，妳沒那個本事，也沒那個手腕。」

為什麼我覺得被深深瞧不起了？

而且還是被自己爸爸瞧不起，悲哀。

離開前我也去看了新媽媽，她臉色蒼白，很緊張不安，抓著醫師不停重複問肚子裡的寶寶們是不是沒問題。

身材高挑，濃眉大眼的陽光路線年輕醫師雖然戴著口罩，但我幾乎快要可以透視看到他的苦笑。他重複講解了好幾次腹部超音波、血液生化、尿生化檢查的結果，口氣很溫和，非常有耐心。

我拉拉老爸袖子，悄聲說：「我覺得我們以後得買個禮物送給這醫生，他人好好。」

「嗯嗯，真的，等等留意一下他的名字，這年頭有耐性的醫生鳳毛麟角，得鼓勵他一下。」老爸點點頭，雙手抱胸，打量人家。

新媽媽終於放開年輕醫師後，我瞄了眼他白袍上的姓名。

一般人應該無法理解，為什麼像我這個年紀的女生會明白有耐心的醫生的重要性，那是因為我帶著泡泡跑過不少獸醫院，遇到的醫生可能工作真的太辛苦，幾乎都沒有耐心解釋泡泡的病況，也沒什麼心力仔細說明不同治療方案的差別，只有報價時會客氣一點（也有連報價時都相當不耐煩的）。看了不少臉色後，我深刻體會到，一位有耐心的醫生有多麼難得。

「謝謝妳來。」新媽媽看著我，微笑著。

「好好休息。對了，我不知道拿來的衣服合不合適，如果要拿其他東西，或者有缺什麼，再跟我說，我可以帶過來。」

她點點頭，接受我的好意。

「好，謝謝。」她笑笑，又開始不好意思了。

□

回家路上，我坐在計程車後座，回想著去七樓拿衣服時看到的便利貼們。

為了替新媽媽拿衣服，我拿著老爸之前就交給我的備用鑰匙，第一次開鎖進了老爸和新媽媽的家。家裡很清爽，沒有什麼多餘的裝飾，也沒有什麼中看不中用的家具或裝潢。雖然之前去過一兩次，但仍覺得那個空間很陌生。雖然這樣舉例很諷刺，但對我而言，老爸和新媽媽的家比薛雅鈞家還陌生。

總之，我走進了以莫蘭迪風格灰紫色為主要色調的主臥室，找出新媽媽的衣物。後來要離開房間時，我注意到房間一角的梳妝台鏡子上，貼著很多張３Ｍ的黃色便利貼，刺眼的黃色和這間房間的莫蘭迪風格很不搭。

出於好奇，我走過去瞄了一眼。

上面大都是關於我的事。

我的飲食喜好；我的學校班級；我的導師；我的過敏原；我常去的診所和固定看診的醫生名（以及健保卡號碼）；我的血型和身高；我的衣服尺寸（看到XL字樣時我還是傷感了一下，因為墮落的暑假過完後很可能就要變成2XL了）；我的生日（當然包含星座、生肖和農曆生日）；我每年生日指定的蛋糕店店名；薛雅鈞的聯絡方式等等。其中一張特別搞笑，上面寫著：「小時候喜歡佐藤健（劍心），現在？？？」

上面的字跡並不是老爸的。

理論上應該也不至於提早佈置好，等我來看。

那時，我拿起其中一張便利貼看了一會兒，隨後又貼回去。

想到這裡，我伸手捏了下前幾天新媽媽做給我的泡泡羊毛氈。我後來自己加工，裝了扣環，掛在包包上。

紅燈時，我看著車窗外，旁邊一輛機車上，有個媽媽載著孩子，雖然聽不見他們在說什麼，但他們似乎心情很好，小朋友很高興地扭來扭去。

我忽然想不起來最後一次跟媽媽一起出門是什麼時候，應該就是在我小一還是幼兒園大班時，之後她就去了法國，成為什麼名服裝設計師的御用彩妝師。這些年她一次也沒回來，即便前兩年她離開法國，準備自創品牌，不再和那位什麼Yang的設計師合作，但她也沒有在中間或者任何一個時間點回來過。

老爸說過，老媽很優秀，工作能力很強，而她自己也知道這點，因此投注了所有心力在她的事業上。

當然，我小時候還是不太能接受父母離婚，老媽一個人跑去國外工作，但也慢慢覺得，不管是老媽還是老爸，如今都各得其所了。

換個角度想，老媽在她醉心的事業上取得成就，老爸也找到有著共同未來的另一半，我呢，擁有海量電影收藏（我敢誇口若以高中女生論，能跟我一樣擁有1978年《Pretty Baby》錄影帶的全台灣不會超過五個！），這樣看來，三個人都不吃虧嘛。

「能夠從事自己熱愛的工作，並且以此為生，還受到肯定，這是何等的幸運。並不是每個人都能這樣。」

老爸那時向我如此解釋。但有一點到現在我仍然不懂——為什麼這樣的說明會是老爸負責，而不是老媽親自告訴我，向我解釋她是如何幾經掙扎，才做出這樣的決定。直到送她去機場時，她也只是抱抱我，吻吻我的臉頰，叫我要聽爸爸和爺爺奶奶的話。

也許到了英國以後，我能夠找個機會解開心裡的疑惑吧。

我真的很好奇，我在老媽心中究竟是怎樣的存在。

這份好奇很可能才是促使我無論如何都想去她身邊的最深層理由。

所以，鈞鈞，我真的非走不可。

我當然也想告訴你我的真實想法，但總是無法說出口。

這些並不是什麼難以啟齒的話題，不過我也不知道為什麼，還是沒辦法好好地、平靜地告訴你。

立寒

這陣子我都早出晚歸。

沒做什麼了不起的事，就是騎車到處晃，到處拍照。

之前那種嚴重中暑的頭昏腦脹感不再出現，我覺得平靜不少。

我並沒有覺得之前的行為是可怕愚蠢的黑歷史，只是很不好意思。每次一想起，就不明白，為什麼自己竟成了腦補界的霸主。腦補也就算了，還真的採取行動。Vespa的安全帽？感受一下《羅馬假期》的氛圍？妳要多吃蛋白質？

我的天哪。

不是中暑就是鬼迷心竅才會這樣。

每次看到那頂買給她的安全帽，就會讓我不經意想起，那天下午跟她一起在拉上窗簾、開著超強空調的昏暗客廳裡一邊看電影一邊胡扯的景象。

她胡扯的觀點太有趣，太非主流，明明是很血腥的畫面，一被她重新描述，馬上就成了爆笑喜劇。

怪異的是，那只是不久前的事，但想起時卻彷彿已過了許久許久。

更怪異的是，有的時候同樣一段回憶會帶來會心一笑；有時卻讓我感到幾絲淡淡的哀傷。

不可否認，雖然已經不再見面，但我仍然時常想到她。

每次按下快門，都會在心裡浮現同樣的問題——

不知道她會不會喜歡這張照片。

不知道她會怎麼評論這張照片。

不知道如果把相機交到她手上，她會以怎麼的構圖，怎樣的快門速度和進光量來拍下同樣的景物。

我沒打算定義這樣的情感。我記得她說過，她和薛雅鈞吵架的原因是她不久後就要出國了（我現在已經清楚知道她之所以要離開，絕對跟醫療行為無關）。

既然如此，那就這樣吧。

就像《羅馬假期》最後一幕——飾演男主角的葛雷哥萊．畢克等眾人簇擁公主離去、人潮盡散後，在偌大空蕩的金殿中靜佇片刻，獨自轉身邁步；一段路後，他又回首，望了眼空無一人的王座，終於離開。

不知道她要是知道我竟敢自比為葛雷哥萊．畢克時，會笑成什麼樣子。

不知道當她要離開時，臉上的神情是否也會像電影裡依依不捨的公主一樣。

我恨返校日。

之所以怨恨並不是因為它打斷我整天抱著肥宅快樂水醉生夢死的正向暑假，而是因為我做夢也沒想到在校門口迎接我的，竟會是蔡羿婷一干人等的拷問。

不對，與其說是拷問，不如說是我單方面「被教訓」。因為「質問」的部分並不多，而且問來問去只是把一個問題不停地換句話說——「妳怎麼可以靠近我們校草男神俞立寒」。

多簡單的提問，而且答案也很簡單，啊就俞立寒自己腦補了奇怪小劇場不然咧？妳們以為我很閒嗎？就算我很閒，也沒那個膽啊。

但我並沒有這麼說出口，我只希望在台灣的最後一學期可以平安度過，逞口舌之快不是什麼好選項。再說，我不想讓這群瘋女人知道太多細節。更重要的是，如果我直接說是俞立寒自己跑來關心我，別說是她們，換作是我我也不會相信。

我當然也很傻氣地想過，如果他能更靠近我一點，我一定會樂不可支。問題是俞立寒對我的興趣只是基於誤會和一時好玩。如果我沒有「定時清理」對他的好感，絕對會就這樣不小心喜歡上他。不是像上學期糊裡糊塗的那種，而是真正的心動。

嗯，事實上，我至今還是不知道俞立寒到底哪根筋不對，竟然因為誤會了電話內容而為我做了這麼多事。

另一件不解之謎，就是蔡羿婷這票人到底怎麼知道我跟俞立寒碰面的事。現在可是暑假耶，難不成妳們真的愛他愛到每天都去俞家盯梢嗎？！

「柴彥珊，妳心機怎麼可以這麼重！之前還在那邊裝，真的很惡劣！」在腳踏車棚裡，蔡羿婷雙手扠腰，狠狠瞪著我。

人高馬大的詹恩儀也怒道：「就是啊，怎麼可以欺騙我們！羿婷問妳的時候妳竟敢說謊，妳都不會覺得羞恥嗎？竟然趁著暑假跑去糾纏我們立寒，妳這麼主動是不是太賤了點？！」

親衛隊三號錢楚茵拉了拉看似要衝向我的詹恩儀，「算了，跟這種小賤貨說什麼也是白說。她要是有羞恥心、自知之明，我們今天也不用站在這裡了。既然她這麼不要臉，那我們就替她好好做個宣傳。」錢楚茵說到這裡，對我揚起冰冷的笑。「聽說妳很不得了嘛，為了倒追俞立寒還甩了薛雅鈞，人真的不可貌相耶。是不是制服底下有什麼了不起的秘密啊？不然我們立寒和薛雅鈞怎麼會看上妳這種貨色？」

心累。

火大是火大，但對於這群蠢貨的反應，並不算太意外。這群人硬要把自己套上「偶像劇妒恨擔當女群演」的標籤，我有什麼辦法。不知道為何，我想到的只是這陣子真的忘了俞立寒受歡迎的程度，看來我腦容量不太夠用。

等她們情緒發洩告一段落，我開口：「……說完了嗎？我知道我多說也沒有用，事實就是——」

「還沒說完！愈想我就愈火大，怎麼會是妳？！妳到底是耍了什麼手段？為什麼他誰也不理，就只在意妳呢？！」蔡羿婷再度提高嗓門，「還有，妳還沒說清楚，妳跟我們立寒發展到什麼程度了？！」

有完沒完。我正要開口時，忽然有人拽起我的手臂，把我往後拉。

「——妳是不是傻了？」是俞立寒。他低頭，注視著我，眼神略有一絲責備。「為什麼要呆呆站在那裡被她們罵？」

詹恩儀慌忙上前解釋，「俞立寒，你誤會了，我們是想……」

蔡羿婷搶先喊道：「我們只是要問清楚柴彥珊她——」

「我跟妳們說話了嗎？」

俞立寒相當不耐煩地打斷她們，但目光仍盯著我。

忽然間又覺得這人有點（？）帥了。

雖然當下有種淡淡的開心，但我很快地意識到必須立刻驅逐這種情緒——現在可不是演少女小心動的時候啊。

「我說妳，妳前幾天說電影壞話時的伶牙俐齒都到哪裡去了？」俞立寒又道。

你是想我死嗎？

怕我被誤會得不夠深？！

還有，不要那樣看我，就說了現在不是適合少女小心動的時候！

「那個……可不可以先不要提……」我都不知道說什麼好了。

俞立寒忽然浮起一抹若有似無的笑，接著鬆開我的手臂——

改牽起我的手！！

「你你你！」

不是只有我，就蔡羿婷她們也都跟我異口同聲。

他的掌心好熱。

而且嘴角輕輕勾起的弧度也太好看！

不對，現在重點是這個嗎？！

俞立寒瞥了她們一眼。

「……剛剛是不是有人在問我們發展到什麼程度了？」

他舉起跟我十指交錯的手，向她們示意。

「看清楚了，就是這程度。」

不、不是……雖然挺開心的，但……

你別害我提早逃去英國，你是沒被霸凌過，不知道被排擠的日子有多難熬。

「還有啊，」

俞立寒仍緊緊握住我的手，對著蔡羿婷幾人冷笑。

「本來我們發展應該不會這麼神速，全都要拜妳們所賜，激勵了我的決心，」

他又對著她們晃晃我們緊握的手。

「在這裡跟妳們幾位說聲，謝謝。」

他語畢，轉頭看我，換上柔和的口氣。

「好了，我們走吧，有很多話想跟妳說。」

說、說什麼？

你怎麼又取消字數限制了？

為什麼絕症誤會都解開了你還會理我？

還理得正是時候？

我現在完全不知道發生了什麼事啊大哥，不，同學！

□

仍是那座小公園。

時常在這座公園裡出現的肥肥三色貓仍然在牠常窩著的圍牆上假寐。

天氣仍然很熱，蟬鳴也沒中斷過，花圃裡淡紅色四時春和盛夏天空也都一如往常。

但其實一切都改變了。

結業式那天的我怎麼也不會想到現在的發展吧。

我唯一的人類朋友把我當作空氣，而上學期冷淡打槍我告白的人，卻站在我身邊，替我挺身而出。

那天為了泡泡，哭得很傷心，然後就有個面癱腦補王因此產生了不可思議的天大誤會——我開始懷疑，這座小公園是不是就是傳說中的Twilight Zone，任何事物在這個空間裡都會產生扭曲，或者脫離現實。

「很熱？」俞立寒問。

聞言我如夢初醒，搖搖頭。

「但妳的手有點燙。」

「啊！」

我這時才意識到我們還牽著手，連忙使力掙脫。

我實在沒想過自己有朝一日會出現這麼老套的想法：真想找個地洞鑽進去。天啊，我到底在恍神什麼？還有心情胡思亂想什麼Twilight Zone，我真是服了我自己。

「臉也很紅。」他補了句。

「不是，那是因為……」不行，難不成要坦白回一句「對，我害羞了」？

俞立寒一改面癱本色，輕浮笑著。「因為？」

「……我很熱。」什麼啦，我到底在說什麼？！

「呵。」

我白了俞立寒一眼，往後一站，拉開距離。

「你怎麼會在那個時間點跑去腳踏車棚？」我撫著胸，問道。

俞立寒收起玩笑表情，「老蔣在校門看到妳被那群怪胎帶到腳踏車棚去，他見到我時當作笑話講給我聽。」

「所以你就跑來了？」

他正經八百地搖搖頭，「我用走的。」

「謝謝你澄清了如此關鍵的問題——」幽默感不是這個時候用的俞同學，就算你是用飛的也不重要啊。

「妳是不是覺得我怎麼過去的並不重要？」他望著我。

我沒開口，擺出一副「你說呢？」的表情來掩飾自己的真實心情。

俞立寒嘆了口氣，「不，其實很重要。」

這我倒好奇了，他不像在開玩笑。

「為什麼重要？」我問。

「我不但是用走的，而且故意走得很慢。那是因為……」他忽然別過頭，咳了兩聲。

「你別賣關子，因為什麼？」

俞立寒重複清了好幾次喉嚨，又吸了一口氣後，才緩緩說道：「因為我大概能猜到妳面對的是什麼情況，我需要一點時間想清楚，下定決心。」

喔。不。

我的心開始狂跳，就像是拆屋子用的大鋼球在胸腔裡來回撞擊般，砰砰砰地。

他忽地輕笑，「妳看起來很害怕。也就是說，妳已經知道我要說什麼了。」

我說不出話，只是不自覺地又後退一步。

「別怕。」他深深地望著我，口吻很輕柔。「但就算妳怕，我也要說。剛剛說到，我去找妳的路上走得很慢，那是因為我很認真考慮，如果讓妳知道我喜歡妳，會不會對妳造成困擾。」

——如果讓妳知道我喜歡妳，會不會對妳造成困擾。

就算不照鏡子，我也知道我的臉不但紅透了，而且還自帶大量問號。

我不覺得俞立寒在開玩笑，就是因為這樣，所以我才不能理解。

他輕輕眨眨眼。

「我知道妳想問什麼。關於理由，其實我也不知道。雖然一開始是我自己單方面誤會，才一直煩妳。不知不覺中，我總是會想到妳，我會好奇妳的想法，總是有話想跟妳說，有時就很單純地想看看妳，想知道妳在做什麼，也會想聽妳說話，想跟妳待在一起。我以前從來沒有這樣過。」

他停了幾秒，續道：

「我知道妳不久後就會去英國，所以本來沒打算告訴妳。去腳踏車棚的路上我其實也沒做出決定，不確定要不要讓妳知道。但是，看到她們那樣對妳，接下來我什麼也沒想，就憑著本能行動了。」

說到這裡，俞立寒撥了下瀏海，定定看著我。他那總是帶著莫名深沉的目光夾著極淺極淺的期待，像是想直直看穿我內心似的，看得我手足無措。

「你，你不要那種表情，我，那個，我明白你的意思了，那個，對不起，這衝擊太大，我有點語無倫次，那個，就是，怎麼說呢，我一時想不起來那四個字，就是，有一句成語，你知道，那個，四個字的，我在說什麼廢話成語不都四個字嗎，就是，算了，我想不起來……」

俞立寒點點頭，表示他知道我想表達的。

「『受寵若驚』。」他淡淡說道，那略略帶笑的眉眼讓我看呆了。

簡直就像在做夢，一場無與倫比的美夢。

我不禁傻看著他，他泛起一抹極好看，微微帶著放任的笑，那雙鳳眼似乎說著「妳就儘管看吧」。

過了好一會兒——

俞立寒終於開口，「所以說……」

「嗯？」我無意識地應了一聲。

「在妳出國前，跟我在一起吧。」他一字一字地說道。

我很困難地發出聲音，「你，你說的『在一起』，就是，我們一般，定義的，那個……」

我感覺快要站不穩，心跳奇快無比，實在沒辦法說出「交往」兩個字。

他輕輕握住我的手，我不確定自己為什麼沒抽回。

俞立寒低頭，看著我們的手。

「……第一次拉起妳的手，是替妳包紮的時候，那時我在想，妳的手好小，」他輕輕捏捏我的手，開始有點不好意思。「……而且很軟很軟。」

我也低頭，看看被他握住的手。

一時間，好多好多思緒拍打著我的胸口。

就像我忽然間想不起來的那四個字一樣，開心，帶著酸意的甜蜜是必然的，但最大的還是迷茫。

那迷茫有幾個層次；表層來看，我不久後就會去英國；再深一層，則是我對俞立寒並不了解，也就是信心不足；第三層是至今仍沒跟我好好談過的薛雅鈞，無論如何我都想在離開前跟他說清楚，這麼多年青梅竹馬，就算終有分別的一天，也不該是在這種情況下；如果現在和俞立寒在一起，只怕我就這樣失去唯一的人類朋友了。

還有最重要最關鍵的一點，其實我根本不確定，自己現在對俞立寒懷著怎樣的心思。

對，我喜歡和他待在一起，很輕鬆，我很能做自己，不知為什麼，他還很擅長讀懂我。我們也都同樣非主流，舉例來說，他是我身邊第一個知道《羅馬假期》和Vespa關係的人，而且跟他看電影亂說話和跟薛雅鈞一起截然不同，俞立寒是真的樂在其中。

說起來都是無聊的小事，但沒有辦法，我的人生就是這些無聊小事累積堆疊而成，那就是日常。

但話說回來，一起出門，一起看電影，一起打發時間的完美人選，是不是就等同於喜歡這個人？

現實中應該只過了幾秒，或十幾秒。

我抬眼，看著俞立寒，他默不作聲，也只是定定回望我。

回想我當初那樣貿然對他告白，其實很沒誠意。

我那時根本只是因為無聊，好玩罷了。

我像他剛剛在蔡羿婷他們面前那樣，將我們仍握著的手舉到面前。

「我覺得你的理解力很好，所以應該能明白我的意思。」我調勻呼吸，說道：「我喜歡跟你待在一起，但我不確定這樣是不是就足夠了……之前為了泡泡的事無暇他顧，最近又決定要去英國，還跟我唯一的朋友鬧得不愉快……其實我這陣子真的完全失去少女心了……如果是之前就——總之，你能理解我說的話嗎？」

俞立寒沉默了好一會兒後，輕輕地點頭，苦笑。

「我明白，」他的聲音出乎意料地平和、溫柔。「妳一下子面對太多事，太辛苦了。」

辛苦。

這是我第一次聽到有人這麼說。

一個高中女生怎麼可能會辛苦。又不必出社會看人臉色賺錢，又不必持家照顧老的小的，也不是需要擔心健康問題的年紀，只要成績不太差，沒被嚴重霸凌，不做些什麼出格的事，好像不至於有太大的煩惱。

大家都是這麼想的吧。都覺得高中生無憂無慮真好吧。

可是……

算了，不能往深處想。

我可不想在此時此刻此處哭出來。

但俞立寒的這句話——僅僅一句——就讓我忽地對他產生了某種依賴感。

原來這個世界上，有人看得到，讀得懂我的疲累。

而且不需要我敲鑼打鼓四處宣傳討拍，他就能感受到，能夠理解——

可惡，怎麼還是想哭。

「不要那種表情，我沒那麼可怕吧。」

俞立寒捏了捏我的手，但我還沒有勇氣跟自信能回握他。

「我不會嚷嚷著要妳給個明確回覆的。」他慎重地說。

「……那看來你也沒多喜歡我嘛。」糟了，這說法不太好啊。

他沒說什麼，只是瞇起眼，抿著嘴淺笑，接著把我的手拉到他面前，輕啄了一下。

啊啊啊！

我終於明白小說裡寫的「雙目圓睜」指的是什麼了！

「我滿十八了但妳沒有，所以，我不會太過分的。」俞立寒輕淺一笑。

「你！我——」

但我話沒說完，因為手機設好的鬧鐘響了起來。

已經這麼晚了嗎？！不對，今天雖然是返校日，但我根本就沒進到教室裡去過啊啊啊啊！終於，我甩開俞立寒的手，拿出手機，按停鬧鐘。

「怎麼了嗎？」他問。

「不是，我現在才想到，我們就這麼跑出來，那返校日……」我一時語塞。

「身為高中生，偶爾蹺個課也是很合理的吧。何況今天只是返校日。倒是妳，設了手機鬧鐘，接下來有什麼行程嗎？」

我看看手機，想著這時回學校也來不及了，便直接答道：「嗯，本來打算去醫院。」

俞立寒一凜，這次換我讀懂他。

「別誤會啊，我只是想買個點心去探病。」

他顯然放下心來。

呿，原來你也很好懂嘛，還笑我哩。

「妳朋友生病嗎？」

「我……新媽媽。也不算生病，就是在醫院住幾天，安胎。」

俞立寒目光透著訝異，但沒多問。「原來如此。」

上道。

「嗯，所以，我要先走了。」

「等等，」他拉住我，「我載妳去。」

「但是你現在沒有多的安全帽。」

他眨了眨眼，「……其實今天來學校的時候，我有帶出來放在車上。」

「啊？」

喔，嗯。

也就是說，喜歡什麼的那些話，他真的不是在開我玩笑。

俞立寒伸手，但手在半空中停住。

「咦？」他忽地笑了開。

「怎麼了？」

「……我前兩天看了戀愛小說，想學裡面的男主角撥亂女主角的瀏海。」他的手仍停在半空中。「但原來，妳沒有瀏海。」

「……你這人其實從來就沒認真看過我的臉吧。」

他收回手，彎腰對著我。

「那妳來吧。」

「來什麼？」

「妳沒有，但我有。」

我花了幾秒才理解，在滿心吐槽「真是不懂你啊」的同時，不自主地伸手弄亂他的瀏海。

……

怎麼搞的，我的時間是不是又靜止了？

這個空間是不是又沒聲音了？

怎麼回事？

……

直到，他輕抿著唇，浮現輕而柔軟的淺笑。

時間再度回復流動。

「這樣滿意了沒？有沒有小說feel？」

他點點頭，收起笑，正經八百。「……非常有。」

我收回手，有點不好意思，覺得臉開始發燙，只好別過頭。「走吧。」

立寒

不知道為什麼整個人輕鬆很多。

雖然她去CappuLungo買甜點時，我在外頭太陽下等了很久，曬得都快頭暈了，但卻莫名覺得心情愉快。

她走出咖啡店時遞給我一杯冰美式，說謝謝我送她。

那時的她臉紅了。

嗯，有點可愛。

雖然今天早上發生的事都在預料之外，但有一種難以形容的暢快感在全身流竄，有點像是電力不足了好一陣子，現在終於又能充飽電的滿足和活力。

說實話我不是很懂自己，只是順著本能行動。

如此而已。

# 11

「喔！珊珊，妳來了。」新媽媽放下手中的書，那表情算不上又驚又喜，但至少看得出來她有點開心。

「身體好點了嗎？」我問。

「嗯，醫生說穩定了，明天就可以出院回家。」她拍拍床，示意我靠近點。我看到她手上還插著軟針。

「今天返校日都還順利嗎？有沒有見到鈞鈞？」她問。

糟了，我都忘了鈞鈞……

而且其實我根本沒走進教室過。

「還、還好啦，返校日就那樣。」我連忙拿出點心，「對了，這家的蒙布朗很好吃喔。」

「蒙布朗，太好了，我很喜歡蒙布朗，不，應該說，任何栗子製品我都喜歡，謝謝妳。」

還好老爸至少知道自己老婆的喜好，不然我真不知從何買起。

「妳也有買自己的份吧？我們一起吃。」

「啊，這個不是我要吃的。我想送給上次那位很親切很有耐心的醫生。」

新媽媽露出「沒錯沒錯」的表情，點點頭。「那位醫生確實人很好。」

陪新媽媽稍微講了幾句話，我就告退了。

沒辦法，平常並沒有太大的交集，真的沒什麼話題可說。只能談談寶寶的情況、血液生化的數據，還有爸爸這幾天可能都沒打掃家裡這種跟「啊今天很可能會下雨」差不多的閒話。但沒什麼不好，至少雙方都是帶著善意，試圖拉近一點關係。對我來說，這樣已經很不錯了。

「啊、曾醫生！」走出病房時剛好看到我的目標！真是得來全不費工夫！

曾醫生聽到我的聲音後回頭。

我快步走向他，但沒想到他顯得相當的驚訝，呆呆站在原地，動也不動。不是，我看起來像是要來胡鬧吵著說有醫療糾紛嗎？這表情也太……

「曾醫生，您好。」看來是個容易受驚的醫生，我還是客氣點好了。

「……妳，妳好。」他瞪大眼，端詳我幾秒後，總算恢復鎮定。「不好意思，看到妳我嚇了一跳，我以為是——不，我的意思是，這麼多年後還能看到這套制服，太驚喜了。」

沒想到曾醫生竟然這麼說，我不禁好奇問：「您說制服？」

他揚起笑，指著書包上的校名。

「算起來我是妳學長呢，我也是這裡畢業的，太巧了。」

「真的好巧，您竟然是我們學校的校友！」說著，我把蒙布朗雙手奉上。「之前在急診部，很謝謝您親切又有耐性的講解，非常感謝。」

「這沒什麼，妳太客氣了。但是……妳是我的患者嗎？」他側著頭，「抱歉，希望妳別生氣，但我真的沒有印象。」

我搖搖手，「不，我不是，我是家屬。」但我不認為需要特別討人情，就沒提新媽媽的名字。

「這樣啊，那就謝謝妳了。」曾醫生這才接過小紙盒，他仍帶著笑，又看向我。「……還要謝謝妳，讓我想起了高中生活，真是……回憶滿滿啊。話說，我們學校的頂樓，該不會到現在都還鎖著吧？」

果然是貨真價實的學長！

「嗯嗯，免得大家天天都跑上去告白。」

他聞言哈哈大笑，「真是。果然是青春哪。」

「您以前在學時上去過嗎？」

「去過啊，那時還沒鎖，就是從我們那屆才開始上鎖的。」曾醫生顯得不勝懷念。

我追問道：「這麼說，您就是頂樓傳說開始的那一屆！」

他點點頭，笑道：「都已經有名字，叫『頂樓傳說』了啊。」

「是啊，那……我可不可以再八卦一下？最後那個欺騙女高中生感情的邪惡數學老師有沒有被抓去關？！」

曾醫生聞言先是一怔，接著再度大笑。

「欺騙女高中生感情的邪惡數學老師？妳是說何老師？妳從哪聽來的？才不是這樣，他沒有欺騙女高中生感情，絕對沒有。」

我嚇了一跳，「原、原來全都是謠言嗎？」可惡，不好玩。

「我不知道現在流傳成什麼樣子了，不過他們……」曾醫生閃過一絲我無法理解的神情，他本來想解釋，但又放棄。「反正……青春嘛……趁年輕有勇氣的時候好好談戀愛，也滿不錯的——」他說到這裡，又揚起非常陽光的笑容。

「——對吧？」

□

好妙的醫生……

走出醫院，看到俞立寒時，我劈頭就是這麼一句。

他當然不明所以，於是我就在回家的路上，把剛剛要向醫生道謝，但發現對方竟然是學長，而且還順道解開了頂樓傳說部分謎題的事，全都告訴他。

然後，我得知了另一件讓人吃驚的事實：俞立寒竟然完全不知道我們學校的頂樓傳說！

你真的有來上課嗎俞同學？

能夠比我還狀況外實在太不容易了！

「但是……妳還真敢啊。」俞立寒的聲音隨著熱風往後飄來，「一般女生不會這麼大方去跟醫生攀談。」

「本來並沒有打算要閒聊好嗎，只是那個曾醫生主動提起了制服，說很懷念，而且又很親切，才會開始聊的。」

「那個醫生也很怪。」俞立寒說，但帶著笑。「說起來，我們學校是怪胎產地。」

「人家曾醫生不知道有多帥，你才怪胎。」

「要是我不怪胎，又怎麼會喜歡妳這個怪怪怪胎？」

喔喔喔，怎麼突然就……

但，不能讓他發現我不但臉紅還心跳，於是我擠出冷冷的口吻，說道：

「喂，以前叫你面癱王真是叫錯了，原來挺會虧女生的嘛你。」

「也不是，認識妳以前，我不會說這種話的。還有，原來我是面癱王？呵。」

我決定忽視「面癱王」三個字，只說：「你在明示是我帶壞你？嗯？」

俞立寒答道：「不是帶壞。怎麼說呢，我只是想在妳面前變得有趣一點。」

與此同時，Vespa流暢地轉了個彎，進入小巷之中。

他的口氣很自然，並不刻意，我有點開心。

嗯……怎麼說呢，俞立寒的存在讓我覺得既安心又放鬆。

這是一種很特別的感受，好像……不管我做了什麼奇怪的事，他都不會大驚小怪，也不會嘮叨囉嗦，只會用理解的目光說「這樣啊」。

這個人太神奇了，我想。

到家門口後我下車，把安全帽還給他，但他沒有伸手。

「見面時我會提醒妳要帶過來的。」俞立寒說，微微一笑。

「……你今天笑了很多次。」

「是嗎？」

「為什麼以前都不苟言笑？」

「沒有什麼值得笑的事。」

我挑眉，「如果我再小心眼一點，就會認為你在形容我很可笑。」

「會這樣說代表妳已經這樣想了。」他換上另一種更明亮的笑，「妳應該要去四處炫耀，妳可是唯一能讓面癱王露出笑容的人呢。」

「呿。」不過，確實好像有點了不起吧，哈哈。

「對了，妳明天也有空吧？」他拿出手機，看了下天氣。「明天天氣很好，上午十點左右我來接妳。」

「要去哪裡嗎？」

「約會啊。」這個人原來一關上面癱模式，就直接切換成厚顏模式了。

但是，約會——

這兩個平淡無奇的字，組合在一起，再由他說出口，好像就變得完全不一樣了……跟俞立寒，約會？再怎麼想都很超現實，但很開心，明明就是很普通的兩個字，但聽在耳裡就是開心……不行，我在亂想什麼，現在的重點是不能被看穿，不能被他發現其實我現在心裡滿是粉紅泡泡。

「我有說我要去嗎？」我扁著嘴。

他聳聳肩，仍是一副早就看穿我的態勢。

「明天早上十點，記得帶安全帽下來。好，我知道妳好奇，因為安全帽放在置物箱裡不如拿出來透透氣，所以才叫妳帶回家，妳也不想戴著臭帽子騎車吧。」

我點點頭，想著我臉上的問句這麼明顯嗎？

俞立寒忽地伸手輕觸了一下我的臉頰。「超明顯。」

「呃！」可惡，一定臉紅了。

「我走了，明天見。」

「嗯。Bye。」

□

那天之後，大概每隔兩三天就會和俞立寒見面。

我們後來很有默契地稱為「一起出去」，而不是「約會」。

也很有默契地沒有特別定義目前的關係。

雖然我盡量不去想，但偶爾還是會考慮，開學之後要怎麼面對蔡羿婷她們，但我也沒有因此就跟俞立寒保持距離——我沒細思理由，但很清楚自己並不想躲著俞立寒。

話說回來，得罪班上的重要人物，會有怎樣的下場，這件事我記憶猶新。一個人吃飯一個人行動什麼的都是小事，真的痛苦是分組的時候。

我就不懂了，當老師的是都沒被排擠過嗎？他們還真不懂分組作業分組討論對於邊緣人的殺傷力有多強。就算硬是由老師指派了組別，小組成員還是可以什麼都不告訴你，需要一起見面討論時就是不叫你。交報告時也有兩種，一種算好的：全推給你做；另一種是什麼都不必你做，等到最後再跟老師反映：「那個XX都不參與，什麼都擺爛不做。」老師未必不清楚不知道，但他們也只能睜一隻眼閉一隻眼，希望不要有哪方的家長因此來找麻煩。

套句老話，那叫：「各有各的苦逼。」

我知道我本來就不是什麼擅長社交的個性，從不覺得同學有義務要喜歡我（我也沒有義務去喜歡別人），只是，上了高中後雖然很邊緣，但至少沒人喜歡也沒人討厭我，現在情況顯然不同了。

大家認為我做了不可饒恕的事。即使不是每個人都這麼想，但大家都會看地位高的同學臉色。我很可以理解，其他同學大概也都心想，反正沒有什麼非要站在我這邊的理由，那不如少理我，免得惹惱蔡羿婷她們。

以前遇到這種事會很傷心，現在不知道該自稱成熟還是麻木，已經不再傷心，只覺得麻煩和不便。好在我沒那麼在意成績，不然分組成績因此被拖累、被陰，一定會很困擾。

以前薛雅鈞難得正經八百地勸過我，要我適當地討好一下班上核心人物。他那時說，反正出社會後也一樣會有部門、組織的整體成績要看，現在是練習如何在團體裡生存的好時機。

他還耳提面命，像我這種不算太亮眼的女生，在團體裡不要太安靜，但也不要跟頭頭作對，偶爾說幾句機智的話讓大家笑笑，偶爾不出現，不要太勤勞以致變成跑腿階層，但也不要什麼事都不做。

簡單說就是要好好拿捏分寸，不要被權力核心當作威脅，也不要被當成可以隨便欺負的對象。

薛雅鈞很少這麼認真。

唉。

話說回來，那傢伙到底怎麼樣了？

不，不對——啊啊啊！

返校日的事，一定會有好事者跑去跟他說，

我這個笨蛋，竟然現在才想到這件事！

想到這裡，我連忙從沙發上翻身坐起，拿起手機，按下他的號碼。

這次他倒是接了。

反而是我聽到他的聲音後，一時不知道該如何開口。

「打來又不講話，幹嘛？」他的語氣很冷淡。

「對不起，還有謝謝，」我說，「謝謝你還願意接我電話。」

我聽到他嘆了口氣，沉默了一會兒。

「……所以呢？妳打來，應該是有話要說吧？」

「嗯……」其實沒想到他會接，所以真的不知說什麼好。「……啊，那個，今天晚上，我能不能去你家蹭飯？」

我在胡說什麼啊啊啊，現在重點是吃飯嗎？！

「不行。」薛雅鈞果斷拒絕，接著說道：「明天吧。明天中午妳可以請我去吃『腳油油』。」

「啊，好，好，沒問題。」太好了，薛雅鈞願意理我，願意見我了！

「腳油油」真正的店名是「城中老牌牛肉拉麵大王」，牛肉麵和超級油膩的地板堪稱雙絕，我們以前跟大人去過之後，就很愛那家的口味，上高中後時常相約去吃。我跟薛雅鈞每次去，都在吃完時打趣說下次來的時候，非穿釘鞋不可，否則早晚在這裡滑倒跌斷腿。後來，我們便給這家店起了綽號：「腳油油」。

……我跟薛雅鈞，真的是好多年好多年的朋友了……

「那明天中午見。」他補了句，「其他見面再說。」

我拿著手機猛點頭，差點都要哭了，之後才想到他又看不到我現在的表情。

「好，晚點見。」我說。

然後便聽到了結束通話的嘟嘟音。

我放下手機，先是因為能聽到他的聲音，便放了一半的心，但又立刻有種不祥的預感開始往心頭冒。

我起身，在客廳裡來回踱步。

這陣子發生的事太多了，我要從何說起好呢？

到底要先談去英國的事，還是返校日的事？

不對，會不會其實他根本還不知道返校日的事呢？

不可能，對於薛雅鈞的八卦力我還是很有信心的。

啊，對了！

我衝向玄關放鑰匙的小盒子，我記得那時他給我一個隨身碟——好吧，不能算「給」，應該叫「摔」，而且還是俞立寒撿回來的。

不知道裡面放了些什麼檔案。

好險找到了，白色的創見4G隨身碟，塑膠外殼已經有點裂開，可想而知當時薛雅鈞有多用力。

我緊緊將隨身碟握在掌心，拜託，千萬別壞了。

打開筆電並插入隨身碟後，看到桌面上出現了新的磁碟時，真是鬆了口氣。

我點開後只看到一個音訊檔案，「未命名」。

本來以為是薛雅鈞錄了什麼話要給我，我正襟危坐，深呼吸後開始播放，沒想到是一首男歌手唱的歌。

……完蛋了，聽不懂歌詞，只能憑著以前天天看港劇DVD的印象，勉強認出那應該是粵語。

旋律很美，是一首漾著傷痛的歌曲。

我想了想，記起曾經在網路上看過可以辨識歌曲的軟體，但電腦軟體比我聰明，主動跳出視窗問我要不要把這首歌加入音樂庫中，連歌詞都找到了。科技真是了不起。

你說你　從來未愛戀過
但很珍惜　跟我在消磨
我笑我　原來是我的錯
裂開的心　還未算清楚
如此天真　竟得我一個
付出的心　你收不到麼

## 立寒

我很意外竟然會在這裡見到她。

這裡絕對不是正常高中生會出沒的地方。

就連我，如果不是因為要去博愛路相機街，也不會專程來這裡。

但她本來就不是可預期的類型，如果是的話，也許我的目光就不會追著她了。

隔著馬路我叫了她好幾聲，但她沒有聽到，本想打給她，但後來我才注意到，她戴著耳機。

我站在對街看她，她走得很慢，心事重重，最後在一家連鎖藥妝店前停下，她拿出手機看了一眼，隨即收回包包中，像是在等人。

帶著如此鬱悶的表情等人，想必不會是什麼值得期待的會面。

不過話說回來，她真的，什麼都寫在臉上了啊。

# 12

去城中市場的路上，我戴著耳機，反覆聽著那首歌。

原版聽說比我還老，是多年前已故大明星為歌壇後輩寫的曲，名詞人填的詞，薛雅鈞給我的是翻唱版本，原唱是一位我爸年代的女歌手。

你笑我　為何沒答一句
像不開心　心裡在想誰
我說你　為何沒法猜對
未得到的　從未怕失去
如此相親　竟不算一對
從不相戀　怎麼可再追

明明是大熱天，但我感覺手心發冷。

中學時我喜歡過薛雅鈞，不是朋友那種，是看到他時，會臉紅心跳的那種。

他也感覺到了，所以結業式那天才會跟我說那麼多。

但是，那種喜歡的感覺並沒有持續很久。

當時我在班上說話很討人厭，覺得其他同學都很無趣、幼稚，我很自以為是，認為自己懂很多，看不起別人，所以被嚴重排擠。現在回想，不，一開始意識到被排擠時，就清楚明白，被排擠完全是我自己咎由自取；要是我，我也不會喜歡班上有個自以為是的人物存在。只能說是我自找的。

總之，一旦被排擠之後，就陷入不太確定那叫「自我檢討」還是「我怎麼可以這麼蠢」的負面情緒中。那個時候我每天都在數日子，看什麼時候能夠畢業，不停對自己說，上了高中後，千萬不能重蹈覆轍——當然，也就沒有心情再去想喜不喜歡誰。

喜歡這種情緒，會隨著時間淡去。

時間是永遠的強者。

我站在重慶南路和武昌街口的屈臣氏前張望，沒多久就看到薛雅鈞從遠處走來。

他和之前有些不同，說不出是哪裡，但整個人的感覺都不一樣了。

我舉起手，揮了揮，他看到了，但並沒什麼表示，也沒有加快腳步。

嗯，很好。

此時此刻我一點都不希望他模仿什麼奇妙的場景，朝我飛奔而來。

就在這個瞬間，我再次確定，我現在對薛雅鈞只是好朋友間的感情，沒有其他。

而且，在同個瞬間，我想起了讓我弄亂他瀏海的俞立寒。

不知怎的，我已經在盤算著，不管跟鈞鈞見面完後的結果會是如何，都想見見俞立寒。理由並不明確，只是很單純地想著「如果見到他會好一些吧」。

「原來妳不是天生圓臉，原來妳有下巴。」

薛雅鈞來到我面前的第一句話，讓我覺得有些心酸。

當然不是因為長相被他恥笑，而是明白他努力找了一句不讓雙方都難受的開場白，這份心意很珍貴。

「走吧，今天你要吃幾碗我都請。」

他伸手比了個「二」。

「二十碗？」我指了指後方的小郵局，「行，等我五分鐘，我去領錢。」

「呿。」他終於笑了。

有多久沒看到我們鈞鈞笑了，真是，害我都想哭了。

「算了，大熱天吃什麼牛肉麵。」他看看天空，「散步去中山堂吧。」

「可以散完步再來吃。」我說。想表達誠意。

「有沒有那麼貪吃啊。」薛雅鈞皺起眉。

「我是想表達請客的誠意！」

夏日正午，台北真的是熱到飆汗兼潮到出水。

一路上擦肩而過的行人，都拿著手上的東西在搧風。

薛雅鈞走在我前方，我這才想到，我很少看到他的背影。

因為他總是走在我身邊。

走到中山堂前小小廣場後，他停下腳步，回頭看我，問道：

「熱嗎？」

「還好。」

他伸個懶腰，望向四周。

「……我們以前是不是有來這裡玩過滑板啊？」

我點點頭，「好像是。」

薛雅鈞看向我，扯扯嘴角。

「……我最近才知道，我媽喜歡過妳爸耶。」

「我也是！」

「超驚悚。」他搖搖頭。

「有什麼好驚悚的，他們在成為父母前也年輕過啊。」

他白我一眼，「我指的不是他們的青春年少，而是她竟然會看上妳爸這件事。」

「喔，對，那是挺驚悚的。」

薛媽媽那麼漂亮，但我爸……聽說他十幾二十歲的學生時代就長得像「現在的」崔岷植——是主演《原罪犯》的岷植不是《寄生上流》的宇植——可見多悲哀。

「……所以說，我們家的人是不是都會喜歡上你們家的人啊？」

薛雅鈞說完，沒等我回應，逕自找了個地方坐下，我也跟著過去。

他看著眼前的廣場石磚，我看著他。

「……我聽了那首歌，隨身碟裡的。」我說。

薛雅鈞過了一會兒，才發出一聲模糊的「嗯」。

「是我不好，太黏你了。」

指甲稍微用力，陷進皮膚裡，但心情因此而變得平穩一點。

他仍沒看我，只說：「我不要聽什麼『抱歉害你誤會了』這種三流幹話喔。」

「呿，我才沒有要那樣講。」

他的上半身向前傾，「……我最近在練習適應妳不在的生活。」

我沒有應聲。

「想知道我練習得怎麼樣嗎？」

「練習得怎麼樣？」

薛雅鈞轉過頭，望著我。

「相當失敗。」

我無法接話。

「妳知道失敗到什麼程度嗎？」他別過頭，低低地說：「失敗到我一度希望俞立寒能改變妳的心意，讓妳留下來。」

「……即便我是因為俞立寒留下，不是因為你，這樣也比我離開更好嗎？」

我當然已經明白薛雅鈞的心意，但卻不知到了這種程度。

我驚訝、心疼，但更多的是抱歉。

他回以苦笑，「妳不必想得太嚴重，我說了，是『一度』，只是有這樣的念頭一閃而過，僅此而已。」

「……你上次問我為什麼要去英國，」

我調勻呼吸，決定和盤托出。

「我一直不知道怎麼說才好……我只是想，去跟我媽一起生活看看。你能明白嗎？我對她的記憶真的很淡薄，我……我根本就不知道她是個怎樣的人。之前你說連我去看醫生都是薛媽媽陪我——你說得沒錯，那句話完全命中紅心……我一直在想，對啊，為什麼，為什麼我媽會這樣選擇？我很想知道答案，也很好奇她到底有沒有因此過上她想要的生活。現在終於有機會，可以跟我媽一起生活，無論如何我都想去，我很想知道這些問題的答案。她如果因為放棄我而過得很好，實現了她的理想，我覺得我會平衡很多，起碼我們母女至少有一個是過得很好很開心的。」

薛雅鈞看著我，半晌。

「……妳以前怎麼都不說？」

我聳聳肩，「說出來只是讓大家擔心而已。萬一讓我爸知道了，他說不定會要我媽回來好好陪我，盡盡做母親的責任，這樣一來大家不是會很困擾嗎？」

「所以妳不讓他們困擾，情願自己難過？有沒有這麼蠢啊？！」他叫道。

「我也沒很難過啊，只是偶爾會想到而已。真的啦，你看我能吃能睡的，日子還是要過啊。」

薛雅鈞哼了一聲，「誰知道妳是不是一到半夜就一個人躲起來偷哭。」

「想太多。」我吐了口氣，「總之，你現在可以理解為什麼我一定要去跟我媽一起住了，對吧？」

他不太情願地點點頭。

過了好一會兒，他才再度開口：

「妳都這樣說了，我能怎麼辦呢？要幼稚叫妳不要走嗎？」

我看著他，「你別生我的氣了。」

「不行，我很生氣，氣死了，氣到爆。」他瞪著我，「想念妳媽又不是什麼見不得人的事，妳早就應該要求她回來陪妳，幹嘛自己一個人忍耐？」

「她有她的生活，跟我相比，她還有更重要的事。」

「那不就還好她在八十歲前有空檔了？！」薛雅鈞嗤之以鼻。

我看著遠處，陽光相當刺眼。

「……好了啦。」我說，希望他能理解。

他斂起眼神，看著自己的腳尖。

「……我本來以為，我們還有很多很多時間。」薛雅鈞緩緩地，一字一句地說：「結業式那天回家的路上，我想也好，既然妳現在誰也不喜歡，那麼我也不算輸在起跑點……我想，應該可以慢慢讓妳理解、明白，我……我的心意。」

我也垂下頭，同樣看著自己的腳尖。

「……對不起。」

「為什麼說對不起？因為不喜歡我嗎？」雖然沒看到他的表情，但他聲音裡的失望卻異常鮮明清晰。

然而，在要回答薛雅鈞的瞬間，我同時也明白了另一個問題的答案。

事實上是一體兩面。

我明白了自己之所以只能說出「對不起」，不僅僅只是因為不喜歡薛雅鈞。

更重要的是，我察覺到自己在意識到「喜歡」這個詞時，浮現在我心頭的——

是俞立寒。

想到他的次數愈來愈多，想見他的次數也愈來愈多，明確知道自己想待在他身邊，想到他時會同時感到不安和甜蜜，然而又帶著酸澀和惆悵。這些以往不曾感受到、不曾充滿心頭的情緒，因為俞立寒而初次體會到了。

但是……

但我怎麼可以在這個時候意識到這些心緒？

我怎麼面對一直陪在我身邊的薛雅鈞？

我怎麼能讓薛雅鈞知道，那樣情感無法傳遞給總是陪在我身邊的他，而是給了只相處不到一個月的別人？

「……妳不會是要哭了吧？」薛雅鈞的聲音讓我抬起頭。

我和他目光交會，他眉頭深鎖。

「……才沒有。」此刻，我只能說出這種不著邊際的話：「你不要那種表情，你不適合走憂鬱路線。」

他當然沒笑，再度別過頭。

「那就別看我。」

「……」

過了一會兒，薛雅鈞搖搖頭，吐了口氣，挺直背部。

「先不提去英國的事……俞立寒……他跟妳到底是怎麼回事？全校都知道你們在一起了，而且還是『甩掉我之後跟他在一起』。」

喔，來了。

我再度深吸一口氣，「那個……情況有點複雜……」

到底要從哪裡開始說才好？

我能說到什麼程度？

不，應該說，他能接受到什麼程度？

薛雅鈞的口氣再度轉冷變僵，「妳要去英國，他無所謂？」

「如果單就這個問題來回答，是的，他是無所謂。但是，我們並不能算交往還是在一起什麼的，現在的狀況很微妙。」我據實以告。

「所以，妳，真的喜歡他？」薛雅鈞轉頭，望著我，雙唇微顫。

時間靜止了吧，我想。

不知道過了多久。

重點是，我應該要思考該怎麼回答才不會讓薛雅鈞太難受，但腦中卻只有一片空白。更糟的是，我終於認清事實，無論用什麼口氣哪種說法，都必然會造成傷害。

因為，那不會是他想聽到的答案。

「……對不起。」

我努力擠出一句話。

不過就連自己也是等到話出唇邊時，才知道自己說出了什麼。

薛雅鈞凝視著我，幾秒後開口。

「妳不是說，上學期跟他告白只是鬼迷心竅？」

「我沒騙你，我之前確實——」

他忽地充滿攻擊性，就像理智突然斷線似的，冷冷打斷我。「妳是在耍我嗎？」

「什麼？不是，當然不是！我怎麼可能——」

「什麼叫『對不起』？妳如果不喜歡他，為什麼要道歉？」

薛雅鈞猛地起身，還把我拉起來，拽得我生疼。

我甩開他，一面站穩，一面試著好好說。

「你聽我說，我上學期跟俞立寒告白確實是不經大腦的舉動，但是……但是這陣子跟他相處，我才知道——」

他第三次打斷我，提高音量：「才知道妳還是喜歡他，是嗎？」

我的火氣也起來了，「我要說的是，這陣子跟他相處，我才知道自己喜歡跟他待在一起！」

「玩什麼文字遊戲，意思還不就是妳喜歡他？！」他抓起我的手腕，「妳嘴巴上說不喜歡他，但馬上就有人在替他問妳的聯絡方式，這不就證明妳本來就試著引起他注意嗎？換句話說，妳如果不喜歡他，又為什麼要引起他注意？之前我問過妳，我還真的以為只是我想太多，但結果是只有我一個人被蒙在鼓裡！」

我本來想掙脫他，但聞言我倒抽一口氣，停下動作，真的呆住了。

我是不是太不了解你了？

我完完全全沒想到你會這麼看我。

「……你真的這麼想嗎？基於你對我柴彥珊這麼多年的認識，得出這樣的結論嗎？你覺得我是這種人？是嗎？」

薛雅鈞還沒來得及反應，就被一束人影推開。他一鬆手，我跟著踉蹌後退了幾步，然後我和他異口同聲喊出了那束人影的名字。

俞立寒沉著臉，看向我，我本能地搖搖頭表示沒事，他立刻伸手把我拉到他身後，接著轉身，面對薛雅鈞。

「到此為止。」俞立寒一字一字地說，「要發洩情緒也得有個限度。」

薛雅鈞瞥了俞立寒一眼，彷彿我是個現行犯似的，帶著冷笑凝視我。

「就連來跟我見面，也事先通知他——這樣妳還指望我相信妳？」

「不是的，我根本不知道為什麼他會在這裡。」

我想往前，但俞立寒攔住我，他以平穩的聲調對薛雅鈞開口：

「你除了對她發脾氣、懷疑她之外，沒別的好說了嗎？」

薛雅鈞雙拳緊握，咬牙切齒，目光如火。

「這是我跟她之間的事，你給我滾遠點！」

俞立寒冷回：「她的解釋你不聽，那好，我簡單說。一，是我先喜歡她而不是她主動纏著我；二，在暑假之前我們沒有任何互動，你不要憑空臆測；三，她真的很在意你這個朋友，你不要自己搞砸這份得來不易的友情；四，她喜歡誰是她的自由，輪不到你質問。」

薛雅鈞怒道：「你閉嘴！」

他企圖拉我，但俞立寒擋住他。

「不要動手動腳。」俞立寒沉聲道：「你已經嚇到她了。」

薛雅鈞瞪著俞立寒，「你現在是在故意找麻煩就對了？我還沒追究你介入我們的事，你就這麼迫不及待來送死？」

「追究？送死？」俞立寒滿是輕蔑地哼了聲，換上「要互相傷害就來啊」的表情。「在喜歡的女生面前摔東西就已經失格了；而且你不管聽到什麼，第一個反應竟然是質問她，這樣叫喜歡她？她的回答不如你意，你就這樣粗暴對她，要是哪天你心情更不好，誰知道會不會更兇更粗魯？就算今天我跟她只是普通朋友，也不會贊成她跟你在一起。」

薛雅鈞被搶白一頓，我想說點什麼阻止兩個人衝突白熱化，但薛雅鈞比我先開口反駁。

「俞立寒，你不要睜眼說瞎話破壞我們，我什麼時候粗魯？什麼時候兇了？我只是激動，為了喜歡的人激動不行嗎？」

「好了，你們……別這樣。」一時找不出話但又非得阻止他們再吵下去，我只能隨便找句話說。

俞立寒看我一眼，只短短一秒，但我知道他要我別擔心。

他嘆了口氣，換上平靜的語調。「都聽妳的。」說完，他看向薛雅鈞。「總之我再說一次，是我先喜歡她，不是她主動接近我，就是這樣。」

薛雅鈞餘怒未消，瞪著我。

「柴彥珊，對妳來說，我就只是個陪妳殺時間的存在？」

「當然不是！」明明是大熱天，但我卻只感到陣陣心寒。「你是我唯一的朋友啊，只是……只是友情上的喜歡，跟戀愛上的喜歡……」

薛雅鈞沒等我說完就逕自接話，「我知道，不一樣嘛。」

他頹然在矮石牆緣坐下，臉埋進雙手中。

我想上前，但俞立寒拉住我，輕輕搖頭，示意最好讓薛雅鈞一個人靜靜。

但我挪不動腳步，只能呆呆站在原地。

不知道過了多久，薛雅鈞仍沒有抬頭，俞立寒拍拍我的肩，眼神比比他處，接著拉起我的手，帶我離開。

□

如果你知我苦衷　何以沒一點感動

誰想到這樣凝望你　竟看不到認同
明知我心裡苦衷　仍放任我做好夢
難得你這個朋友　極陶醉　但痛

立寒

她沒有甩開我的手，也沒有說話，只是垂著頭，任由我拉著她走。

她並不是那種柔弱順從的類型，我想她之所以毫無反應，應該是因為徹底跟好朋友決裂的緣故。

我考慮了一下，帶著她走向西門町。

直到我們到了萬年前，她才如夢初醒般抬頭。

「……你怎麼會在那裡？」她終於開口。

「我只是要去博愛路相機街逛逛，在屈臣氏那邊看到妳在等人。我覺得妳的表情很沉重，有點擔心，後來看到薛雅鈞出現，知道妳要見的人是他，我就更擔心了。雖然很沒品，不過我還是決定跟過去看看。」

「擔心？」她沒問出口，但臉上寫著。

我點點頭，「妳忘了隨身碟的事？感覺他有點易怒暴躁，雖然不覺得他真的有暴力傾向，但我還是放不下心。」

她悵然若失，「……他以前不是這樣的，很少很少發脾氣。」

「以前也沒什麼讓他不開心的事吧。」我隨口答道，本想說這是個人修養問題，但這樣評論她的朋友很失禮。

沒想到她聞言彷彿快哭出來。

「所以是我的問題……」

「不是，我不是這個意思。」我低下頭，顧不得附近人來人往，握住她雙肩，但她沒抬頭。「當然不是妳的問題，只能說，他可能在這方面沒有受挫過，所以不知道怎麼面對跟處理。這怎麼會是妳的問題呢？」

還好她沒哭出來，她吸吸鼻子，咬咬唇，看向我。「不對，是我不好。」

「為什麼這麼說？」

她輕輕轉身，順勢讓我鬆開手。

她開始往前邁步，走進了萬年。

「我以前太蠢了。」

我跟上她，「怎麼說？」

她略帶自嘲。

「就還真的相信異性戀男女在這世上會有純友誼這種鬼東西。」

「妳跟他之間沒有，不代表別人沒有。」

「不管，反正我現在要堅持沒有，別人也沒有，統統沒有。」她好像開始對自己生氣，「那些要嘛只是留個機會給目前不能交往的彼此，要嘛就是在自我欺騙。」

「我還是認為不能一概而論……雖然我也不太相信有純友誼這種東西，但也許世界上有例外。」

她停下腳步，回頭瞪我。

「這世上沒有純友誼，絕對沒有！我就要這樣覺得，我堅持。」她忿忿地說。

我看著她，覺得氣噗噗的她有點可愛。

「……生氣了？」

「對。」

「生妳自己的氣？」

「對。」

「但妳也知道，薛雅鈞的事妳沒有責任。」

「不對。」她轉身，上了電扶梯。「我很有責任。」

我跟著踏上電扶梯，「說說看。」

她回頭看我，張口欲言，但忽地打住。

「怎麼了？」我問。

她的怒氣好像在瞬間突然消逝無蹤。

她回復平日的口吻，「……算了，反正是我不好。如果我不那麼依賴薛雅鈞，沒建立其他社交圈，就不會走到今天這一步。」

真是。

怎麼會這麼笨？

妳怎麼不說是薛雅鈞自以為是？

「柴同學，妳的人生專長是不是自我檢討？」

她沒來得及回應，就因為沒發現電扶梯已到二樓而絆了一跤。

# 13

有句話叫「說時遲那時快」。
基本上我直到站穩後，才意識到剛剛發生了什麼事。
嗯，簡單說就是因為我明明人在電扶梯上，卻很無腦地轉身看著比我低兩階的俞立寒，只顧著說話，背對著上行方向，完全沒注意到電扶梯到了二樓，於是就發生不算太慘的慘劇。
之所以不算太慘，是因為當我腳跟感受到電扶梯踏階往內收時驚慌失措，就這樣跌向俞立寒，而他接住了我。
「沒事吧？」
「沒事，謝謝。」我吁了口氣。
俞立寒發出了輕輕的、低低的，有些模糊的一聲「嗯」。
我這時才想到，便馬上鬆開緊緊揪住他胸口襯衫的手，後退一步，再次道謝。
他清了清喉嚨，別過頭，沒看我。
「……妳可以不用急著放手。」

聞言換我咳了好幾聲。

雖然知道自己臉紅了，也覺得甜甜的，但同時很討厭自己。

現在是什麼時候啊，我還有心情小害羞？我都忘了薛雅鈞的存在嗎？

瞬間我的心沉了下來，開始在商場裡繞來繞去。

俞立寒跟在我身後，沒說什麼。

二樓繞了兩圈後，我又上了電扶梯，他仍陪著我。

三樓也同樣繞了好幾圈，最後我停在整排的扭蛋機前。

俞立寒走近，探頭看著我面前的扭蛋機。

「有想要的嗎？」他問。

我盯著扭蛋機許久，「……吉拉。」

「吉拉？」他恍然大悟，「喔，哥吉拉是嗎？」

「嗯。」

他忽地輕笑，「為什麼不叫牠全名？」

「叫吉拉比較親切。」其實我沒想過理由，但就一直叫牠「吉拉」。

他點點頭，隨即轉身去換硬幣。

看著俞立寒的背影，我不知道自己到底在幹嘛。
為什麼這個時候還有心情要人家換錢玩扭蛋。
我唯一的人類朋友算是跟我正式決裂了。
最重要的是，我狠狠地傷了他的心。
然後我像是什麼事都沒發生似的在萬年玩扭蛋？
我真的覺得自己好可怕。
我又看了眼俞立寒，他正將紙鈔放入機台中，一旁有兩個年紀跟我們差不多的女生像看到明星似的，正打算用手機偷拍他。
這一幕帶給我一種超現實的感覺，我本能地認定最好不要發出任何聲音。
於是我躡手躡腳轉身離開，走向下樓的電扶梯。
但才走出萬年沒幾步，俞立寒就在往誠品的轉角抓住我。
他有點不悅，但不算太生氣。
「……覺得自己還有心情玩扭蛋太過分是吧？」
既然被看穿，我索性點點頭，心想難道我臉上真的寫滿字嗎。
「我可以理解妳難過，但真的不是妳的錯。」俞立寒加強語氣，「如果妳要等到薛雅鈞本人親自告訴妳他已經放下、走出來了，那妳可能要等個十年。在等到他來和解前妳就不吃不喝不笑不生活了？」

呃。

不是只大我一歲嗎？

怎麼這麼有說服力？

「放手吧，有人在看。」我說。

俞立寒仍執著我的手腕，微微舉起。「答應我不會再亂跑了。」

「嗯。」

他確認我沒什麼機會拔腿就跑而且也跑不贏他後，總算放開我的手。

我不知道自己要去哪，只是隨便亂走。

俞立寒默默陪在我身邊，有時伸手拉我走上人行道，有時直接跟我並肩，刻意走在靠馬路的那一側。目光偶爾滑過他那張精緻臉龐時，那種超現實的感覺更加強烈。

最近簡直就像掉進兔子洞裡的愛麗絲，身處夢中，身邊的事物遠看似和往常一樣，但近看其實已經全都變形扭曲。

我重重吐口氣，在同時瞬間踉蹌了一步。

俞立寒撈住我，真的是撈住，因為我整個人往下跪。

嗯真是太好了，在這個時候抽筋。

他皺著眉，一手橫過我的後腰扣住，讓我站穩。

「怎麼了？」

「抽、抽筋。」真是太丟臉了。

「在這種時候，個人建議妳就忘了無謂的少女矜持。」他低低地說，「靠著我。」

「……謝謝。」我不是故意要用這種扭曲的表情說謝謝，但抽筋真的痛爆。

「痛就別開口了。」他半抱著我，走向目光所及最近的長椅。

這個時候真的很慶幸我是往紅樓的方向走，這裡人不多，而且有、長、椅！

扶我坐下後，俞立寒只是站在原地雙手抱胸看著我，並沒有坐在我身邊，不知為何竟露出一抹淺笑。

「笑什麼？」我本能地問，同時伸手捏腿。

「我在想，我是不是應該學電影還是小說裡的橋段，幫妳揉腳捏腿？」

呃。我不必摸臉就知道臉絕對燙到不行。

「你你你，不要亂想。」

「真的不用嗎？」俞立寒似笑非笑。

「不用，馬上就好了，真的，你相信我。」我堅定地強調。

俞立寒仍定定望著我，「……妳到底在堅持什麼？」

「沒有啊，什麼堅持？」

「承認自己難過，不行嗎？」他微微瞇起眼。

「啊，抽筋這種事總是會過去的，休息休息就好了。」我隨口應道。

「那抽筋以外的事呢？」他抬抬下頦，示意我回答。

我當然明白他指的是什麼，但是……

俞立寒見我不答，並沒有窮追猛打，只是嘆口氣。

「我去SEVEN買喝的。妳聽好了，如果回來的時候發現妳跑了，我可不會善罷甘休。」

我白他一眼，「最好抽筋時跑得動啦。」

他點點頭，「很好，絕對！不要亂動。」

「動不了啦。」真是的。

坐在長椅上的時候，不知為何我想到了結業式那天的小公園。

在那天之前，我從來沒想過會跟薛雅鈞走到這地步，更加沒想到，上學期對我冷言相向，狠狠打槍我告白的俞立寒，現在會陪在我身邊。

今年的暑假，好像特別詭異。

我掏出手機，但沒有滑開螢幕。

反正也不能打給薛雅鈞，這個時候他絕對不會想聽到我的聲音，不，他根本不會想看到手機上出現我的名字。

我握著手機，想到他放在隨身碟裡的歌。

明知我心裡苦衷　仍放任我做好夢
難得你這個朋友　極陶醉　但痛

如果沒有俞立寒，我會不會再次喜歡上薛雅鈞？

其實不太可能。

如果真有那麼一點可能性，在決定要去英國時不可能完全沒察覺。

在考慮出國時，雖然捨不得薛雅鈞，但那是明確友情上的不捨，像是要離開家人般的情緒，僅此而已。

說到底還是我自己不好。

不該巴著唯一的人類朋友不放，早點保持距離，現在也不至於搞成這樣，徹底傷了薛雅鈞的心。

我這種人算得上什麼朋友？

無聊時找他，沒事做找他，沒飯吃找他，抄作業還是找他——這種行為本來就必然造成他誤會，而我卻對這些視而不見，到了他真的誤會的時候再兩手一攤說：「沒有喔，我們只是朋友，sorry啦。」

我真的太差勁了。

「不用說，妳又在自我檢討了。」

俞立寒拿著兩罐原萃走到我面前，說完後在我身旁坐下。

他扭開瓶蓋後遞給我，我說了聲謝謝，懶得顧及形象，直接開喝。

他也一樣。

然後我們放下寶特瓶時，還不約而同地重重呼出一口氣。

「……好點了？」俞立寒問。

「嗯。」我遲疑了一下，「今天，謝謝你。」

他看我一眼，「剛剛檢討了些什麼？我不在的時候。」

「……沒什麼。」

「不要像三流愛情片裡的女主，要問個五次十次才說出真心話。」他笑了。

我白他一眼，「三流愛情片裡的女主明明就是那種捂著耳朵不聽男主解釋還大哭跑走的類型好嗎。」

俞立寒不知為何竟然相當滿意地點頭，「妳總算回復一點力氣了。」

我捧著瓶裝茶，「……咕。」

「薛雅鈞要怎麼想，不是妳能控制的。」俞立寒平靜地說，「他要花多少時間才能冷靜下來，這同樣不是妳能控制的。既然什麼都無能為力，那還不如暫時放下。」

「我知道你的意思。但我就是會忍不住一直想，如果我有跟他保持距離就好了……我太依賴他了，才會造成今天的局面……都是我不好。」

俞立寒放下瓶裝茶，伸手扳過我雙肩，讓我對著他。

「人跟人之間的關係是互相的，如果妳認為自己有責任，那他也絕對逃不掉，不是嗎？妳不會笨到認為只有妳一個人單方面就可以建立關係、培養友情吧？」

「……你好適合去當輔導老師喔。」

他空出右手，捏了下我的臉頰。「我才懶得理其他人死活。」

不知為何，我明確知道俞立寒這話是真心的，當然，也就感到一陣暖意。

事已至此，確實如俞立寒所說，我一個人糾結下去也不會有什麼進展，還不如分散一下注意力。

我突然把臉湊向他。

他嚇了一跳，但立刻跟我做了一樣的動作，於是，我們之間的距離不到一公分。

「……原來，你沒有騙我。」我說完後好好靠回椅背上。

本以為他也會這麼做，但沒想到他卻以迅雷不及掩耳的速度旋身在我額上印下一吻。

「你你你——」

他挑眉，「就我的解讀，妳剛剛是想接吻吧。」

我雙手捂著額頭，尖叫。

「小聲點。」俞立寒帶著笑說道。

「怎麼可能小聲點？你怎麼就、就……啊啊啊……太突然了……」我真的不知道自己想表達什麼，只是不停尖叫。太羞恥了，太激動了，我只是……我只是想跟俞立寒說「原來你好像真的有點喜歡我」！為什麼會演變成這樣？！

重點是，大熱天，戶外，我額頭全是汗啊啊啊啊！

俞立寒微微抬高身子，居高臨下看我，語帶警告。

「妳再不小聲點，就只好用這個——」他點點自己的飽滿雙唇，「——堵住妳的嘴了。」

瞬間我把雙手移到嘴上，瞪大眼示意：「不會我絕對不會再叫了真的你相信我啊俞同學。」

他見狀忽然開始大笑，很開心的那種。

我看了他幾秒，放下手，開口。

「笑什麼？」

「笑妳啊。」

「我有什麼好笑的？」

「雖然天天看重口味限制級電影，但內心還是很少女。」

我不禁白他一眼。

「廢話，電影是電影，難不成我看了《魔戒》之後就會變成甘道夫，看了《沉默的羔羊》就會變成殺人魔嗎？」

俞立寒看向天空，呼了口氣。

「這樣多好。」

「嗯？」

「妳明白我的意思。」他淺淺一笑。

我沒有應聲，但確實理解。

俞立寒指的是我心情多少平復了些。

我看向他，再度覺得這人太奇妙。

跟他在一起，總是覺得很自在，無拘無束。

理論上應該會覺得拘謹，會在意自己的形象討不討喜，可不可愛，但好像對俞立寒或我來說，這些都不重要。

過了一會兒，俞立寒注意到我正盯著他。

「是不是很意外，我怎麼看都很帥？」

我終於笑出聲，「自戀。」

「以前不自戀，遇見妳才開始自戀。」他正經八百地說。

「什麼意思？」

「我能被品味這麼詭異的妳看上，被妳告白，應該確實有過人之處吧。」

「原來你很能言善道嘛，俞同學，你的面癱去哪裡了？」我忍不住笑問。

他聳聳肩，「妳不在的時候，我還是很面癱，而且臭臉。」

「是這樣嗎？」

俞立寒忽地伸過手，攬住我肩膀，將我的頭按貼在他肩上。

他的聲音在我上方輕輕盤旋，我本能地閉上眼。

——是這樣的。

□

那天之後，薛雅鈞果然沒有再聯絡我。

我從老爸那旁敲側擊想知道薛雅鈞怎麼樣了，結果被老爸「機會教育」了一番。

「分手之後不管多內疚，都千萬不要去關心對方過得好不好。不小心讓對方以為有機會復合，只會讓對方更走不出來，更沒辦法早點重新開始。」

「爸你說得好有道理，問題是我跟鈞鈞又不是男女朋友，哪來的『分手』？」

「好好好，隨妳怎麼說都好。總之，分手的時候拖泥帶水只會讓事情變得更糟，這妳一定要相信爸爸，爸是過來人。」

「就跟你說我們不是『分手』！而且爸，你到底分過多少次手啊？！」

「妳爸我雖然不是帥哥但一直都很受女生歡迎喔。」

「身為你女兒我只想說一句，我都不知道肉餅臉歐吉桑這麼有行情。」

「嘖，妳這丫頭……手機響了，還不快看看是不是新男朋友打來的。」

「爸你這發言就叫為老不尊。還有，他不是新男朋友。」

「爸明白，就像妳跟鈞鈞不是分手一樣嘛，大家心照啦。」

「爸！」

□

後來我無意間把這段對話告訴俞立寒，沒想到他得到結論竟然是：「感覺伯父年輕的時候應該很會逗女生。」

「你這是什麼結論啊？」我窩在沙發上，抱著雙膝。

他換了個姿勢，單手支額，看著我。「伯父不是帥哥，但現在還有女生不顧他離過婚、有個念高中的女兒，又不是特別有錢，還願意嫁給他，那證明了他應該很會談戀愛吧。」

「對耶，我怎麼都沒想到。」說到這裡，我發現俞立寒笑得很詭異，回頭想想他的話。「……等一下，你怎麼知道我爸不是帥哥？」

他突然身體前傾，用食指刮了下我臉頰。

「聽說女兒都比較像爸爸。」

我呆了幾秒，「喂！你現在是光明正大說我醜囉？！」

「我就說嘛，我看上的女孩子一定能聽出弦外之音的。」他哈哈大笑。

「誰要被你看上！」我拿起抱枕丟他，但他伸手穩穩接住，放在他身邊。

「好了好了，再丟妳就沒得靠了。」

我忽然好奇，「說到爸爸話題，你爸是個怎樣的人？」

「工作狂。」俞立寒想都沒想就答道，「而且一份工作還不夠，據我所知，他至少在三家公司都有顧問或董事職位。」

「……那你們相處時間很少囉？」

他想了想，「我上次見到他，應該是上上星期天早上。」

「你該不會跟我一樣，也沒跟家長一起住吧？」

他笑了，「我們住同一戶，只是作息很不一樣，OK？」

說到這裡，我更好奇了，但總覺得好像不要問這個比較好，但俞立寒打量我幾秒後主動說道：

「有沒有很多女生倒追我爸我不知道，但他官方宣稱單身。」

我故意扁嘴，「我才沒有要八卦這個。」

不，其實我有，而且滿想知道的。

「我竟然會讀錯妳臉上的字句？不可能吧。」

「你就是讀錯了，大錯特錯。」

他眨眨眼，「那妳本來要問什麼？」

「……嗯……」我想了一下，「紙星星。你怎麼會在意紙星星的事？我一直想不通。那並不是多特別的禮物。」

「喔，那個啊。」他的笑容稍稍褪去，想了一下後答道：「記得我說過，我媽媽已經過世的事嗎？」

「嗯嗯。」

「她在最後的日子裡，一直在摺紙星星。」他停了幾秒，「都是摺給我的。」

喔。原來如此。

一定很掛心自己的兒子吧。

他主動說道：「但……我沒想到這年代竟然還有人會這麼做，覺得很神奇。」

「你沒看過那部戲吧？」

他搖搖頭。

「裡面說，一顆星代表一天的幸運。後來男主角要去中東，女主角很擔心他，就不眠不休摺了超多星星給他，跟他說『這些足可以保你三年』。沒想到男主不領情，說什麼迷信而已這妳也信，女主就生氣了。男主看到她生氣，還很白目說她動不動就生氣，個性太差才沒人要，殊不知這句話踩到女主角的痛點，她之所以一直單身就是因為暗戀男主角。」

俞立寒聽得很入神，「然後呢？」

我愣了一下，「然後……呃……就……我不記得了。」

不，其實我記得，但我不想說。

俞立寒果然不是笨蛋，挑眉道：「前面記得這麼清楚，最好停在這裡瞬間不記得。」

「總之你好奇就自己去看。」這人真壞心。

「說啦。」

「不要。」

「妳看！果然是『不想說』，而不是『不記得』！」

我拿起最後一個抱枕扔向他，「挑我語病！」

他哈哈笑著伸手擋下，任由抱枕落地，接著從單人座跳到我在的三人座，很認真地看著我。

「……臉紅了？」

「哪、哪有？」我哼了哼，「我可是從小學就開始看限制級電影的人，才沒那麼容易臉紅，我見、見多識廣。」

「見多識廣是嗎？」他忍著笑，嚴肅地點點頭。「嗯，只要是妳說的，我一定相信。所以妳就告訴我那部戲裡男女主吵架之後怎麼樣了。」

「喔唷，很煩耶你。你，你不要老是用那種表情看我，我不會被騙的。」

可惡，這人未免也靠得太近了吧！冷氣是不是壞了，怎麼愈來愈熱？

「說嘛。」

俞立寒的呼吸熱氣弄得我耳朵好癢，我整個人跳起來。

「說就說，他們就吵架啊！然後吵完就和好了嘛，再然後……就，就天亮啦！」

「啊……」他帶著揶揄的笑，故作恍然大悟。「就……『天亮了』啊？」

「對啦對啦！這樣你滿意了吧？」

他瞇著眼看我，拍拍沙發，示意我回去。「妳要坐回來我才比較滿意。」

「……真沒想到你這麼肉麻。」

「妳如果不回來乖乖坐好，我還可以更肉麻。」

終於換我瞇起眼，「你交過很多女朋友對吧？」

俞立寒撥撥瀏海，「妳不能因為我帥就這樣推斷。」

可惡，沒東西可以丟了。

「誰跟你帥。我是從你老是講這種肉麻話來推斷的好嗎？」

他喔了一聲，明顯不以為然。

「實不相瞞，我以前沒交過女朋友，至於現在……」他把話尾拉得老長，「人家到現在都還沒跟我確認關係呢。」

我聞言脫口而出：「你不是說不會要我給個明確回覆？」

「我是不會，但不代表我不期待。」

喔！

我忽然覺得自己臉又開始發燙。

俞立寒從沙發上起身，走向我。

「你……走過來要幹嘛？」

「有很多人傳訊來問我喜歡妳哪一點。」他低頭看我，聲音輕而低緩。「我覺得這是個好問題，所以我來尋找答案。」

我不敢對上他的目光，但他執拗地扳著我的肩，習慣性地瞇著眼打量我。

我本想說句「那找到答案了嗎」什麼的，但沒辦法。

因為他，並沒有給我開口的機會……

嗯，就是這樣。

家裡很少準備水果。如果有水果，絕對會是櫻桃，而且只會是來自塔斯馬尼亞的LAPIN品種。

那種櫻桃有著獨特的口感、香氣和恰到好處的甜度，品嚐過之後就難以忘懷。當然我想並不是每個人都喜歡LAPIN櫻桃，但對我來說櫻桃就是LAPIN，其他櫻桃在我心中全都統稱為「長相抄襲櫻桃的紅色果實」。

我以為只有櫻桃會給人這種感覺，原來戀愛也一樣。

從未感受過的美好確實讓我領悟到這件事，然而，在下一秒緊接而來的是濃重的憂傷。

我把事情想得太單純了。

當初自以為瀟灑，說什麼「在妳出國前，跟我在一起」；現在，我每天都在看手機行事曆，看我們還有多少時間。

隨著日子一天天過去，我就更加喜歡她。

每次見面都想開口說不要走，但只能忍耐。

我知道她有她非去不可的理由，只是，我們的終點一天天逼近，我也愈來愈焦慮。

她笑著說這是期間限定的戀愛，我回以微笑，但我們隨即不約而同開始沉默。

「我們可以好好規劃這件事。」

某天我們在看完《巴黎，德州》後，她靠著我的肩膀，小小聲地說。

當時我閉著眼，腦海裡是那塊最終等不回主人的荒涼空地，下意識地吻了一下她的髮。

「……哪件事？」

「關於『如何分別』這件事。」

我仍閉著眼，但我知道她微微一笑。

她總是這樣。

哭之前，先微笑。

而我，在她離去後，將會成為那塊無主的荒蕪之地。

# 14

暑假比想像中過得快。

超快。

當俞立寒告訴我就要開學時，我完全傻了。

我雖然一直刻意忽略手機顯示的日期，但我一直以為自己多少對時間還有點概念。

顯然我嚴重錯估自己了。

雖然俞立寒說，那是因為我提前到這學期就休學的緣故，但我還是很驚恐不安。八月中時，老爸和老媽討論好，為了讓我好好準備去英國，決定提早休學，也請了家教開始幫我惡補英文。

聽到他們的決定時，我先是鬆了口氣，感謝神明讓我不必去面對學校裡的種種情況。但下個瞬間我開始不自主地顫抖。

真的在倒數了。

□

我手上的米白色毛衣，雖然很好看也很柔軟，但完全不保暖，在英國穿八成會凍死，但我又很喜歡。嗯……到底要不要帶去呢？春秋天可以穿吧？不過這樣只會愈帶愈多，沒完沒了。

俞立寒坐在我的椅子上，看著我收拾行裝。

現在已經是秋天了，他身穿很樸素、但反而能突顯氣質和身材的灰藍色棉質連帽夾克和同樣平凡卻又極適合他的小直筒牛仔褲，托著腮，若有所思。

我看向他，「是不是很無聊？你不用陪我沒關係，要收拾好一陣子呢。」

他放下手，搖搖頭。「不無聊。我只是在想，這皮箱有點小。」

「會嗎？」

他點點頭，接著把椅子滑來我床邊，打量一會兒，說道：「是太小了。」

「不小，也不必全帶去，不夠的去那裡再買就行了。」我想了想，決定放棄那件米白色的蓬軟毛衣。

「太小。」他重複道，接著板起臉。「……妳說，如果我躲進這皮箱，能扣得上嗎？」

我噗嗤一笑。「就算換了大皮箱、塞得進你這大長腿，但一樣過不了安檢吧。」

「也是。」他扁扁嘴，很沒意思似的把椅子滑回書桌前，不再說話。

一時間氣氛變得有點沉重。

我不擅長面對這種情況，於是讓HomePod mini開始播音樂。

誰知道Siri的歌單蠢到一個極點。

你真的走了　雨一直下著　我忍住淚水　眼睛卻溼了

寂寞的人啊　坐在岸邊等　流不盡　這條失戀河

「……妳故意的吧。」俞立寒幽幽地看我一眼。

「意外。」我馬上要Siri停止播放，然後注意到他深呼吸後，重重吐出一口氣。

「關於……」他清清喉嚨，俊秀的臉上浮現許久不見的陰鬱。「……之後的事。」

我停下手上的動作，不自覺地挺直背。

「嗯？」

他注視著我，「我知道妳要去的理由，不會阻止妳，妳也不是能被我阻止的個性。所以，我想知道另一個選項——妳會不會希望，有機會的話，我也一起去英國？」

我沒想過俞立寒竟然考慮到這一層，聽到的當下我差點想衝過去抱住他，但我是個自私的人，無法這樣要求。

——在你提出之前，我並沒有想過能有這個選項……當然，我當然希望你也能去，但我不願背負這個責任，不願開口請求你。因為，如果哪天你後悔了，就會是我的責任。到了那時，我不是禁不起被責備，而是禁不起被你責備。我不要你討厭我。

我並沒有把這些話宣之於口，取而代之的是一句電影台詞。

「施主，這個問題要問你自己。」我故意這麼說，想讓氣氛輕鬆點。

他顯然不滿我的回答，捏了我的臉。

我拍開他的手，都說到這裡了，索性把我的想法也開誠布公。

「欸。」這次換我深呼吸了。

俞立寒總是讀懂我，他淡淡地問：「……妳真的開始『規劃』了，是嗎？」

我點點頭。

他揉揉眉心，續問：「妳是怎麼規劃的？」

我第一次發覺開口說話竟是如此艱難。

「……有兩個選擇。第一，我們從現在開始就少見面，或者盡量不見面；二，我們就繼續我們的日常，直到我上飛機。」我嚥了口唾沫，接下來這句才是關鍵，是我日思夜想才得到的結論。「但不管是選一還是選二，之後……之後都不要再聯絡。」

俞立寒聽完，起初沒什麼反應，又回到當時的面癱，過了一會兒後，他站起身走向我，對我伸出手。我搭上他的手，他順勢把我從床上拉起後擁我入懷。

「我明白，」他喃喃輕語，「妳不想束縛我。妳真的是十足十的笨蛋。」

我緊緊閉上眼，把臉埋在他胸前，好在他看不到，我的臉已經糾成一團。

我就知道他能明白。

我們立寒是什麼人啊，我真是有眼光。

但我們立寒啊，你只說對了一半。

我不想束縛你是真的，但我更害怕的是，原本很開心地天天聯絡，然後彼此都忙於眼前的生活，變得愈來愈少聯絡，即使再怎麼努力也無法深入對方日常。接著，我們不再有共通話題，無話可說，能想到的只有問候對方安好。最終，連這樣的問候也走向尷尬。

然後，在某天，我們成為對方換手機時不知道該刪還是該留的聯絡人，偶爾滑過名字時，泛起的只是對往事的一句輕喟。

幾年後，連這樣的輕喟也將不復存在。

我不想讓這段美好的回憶最終走向如此黯淡無光的收場，我不能接受，所以，我寧可停留在一個傷感但美麗的斷點上。

是不是？就跟你說我很自私吧。

「妳對我們沒什麼信心，對吧？」他輕聲問。

「如果說我從小到大從電影裡學到了什麼，應該就是『千萬不要對人類有信心』。」

「好心酸的領悟。」

「我也有不心酸的領悟，要聽嗎？」

「妳說的我都想聽。」

「不管任何年代的美國B級砍殺片，正妹女主都會開生存外掛，無論對手多強多會砍，絕對能順利活下來。」

「……妳一定要在這種時候、在戀人的懷裡說出這種話來破壞氣氛嗎？」

「我問過你了，是你說要聽的。」我只是在隨便亂說點什麼，好讓自己不要哭。

「笨蛋。」他柔聲說，「我知道，妳只是在努力不要哭。」

「……你可不可以不要這麼懂我？」

「當然，不可以。」

□

俞立寒最後選了方案二。

「繼續我們的日常，直到我上飛機」這個方案。

但事實上，我們都愈來愈無法忽視分離的日子在即。

我愈來愈沉默，他愈來愈常逗我笑。

這種感覺很複雜，也很詭異，它不像考試倒數，過了那天就解脫了，它甚至比安樂死倒數還痛苦，因為是從那天之後，真正的痛苦才要開始。

我有點後悔提出了方案二，總覺得俞立寒太辛苦。他可以不要這麼為我著想，可以像當時薛雅鈞一樣發發脾氣，甚至可以跟我吵吵架。但他沒有，只是更常花時間帶我出去，騎著他的Vespa穿梭在大街小巷中。

有次我問他，雖然他成績很好，但我出國後他也差不多要學測了，這樣真的沒關係嗎，他只是淺笑著回答，當然沒關係。

我有時會想，跟一個過度成熟的男生戀愛可能不是好事。

但我仍然很慶幸能夠和俞立寒攜手走過這一段。

如今我只能暗自期盼，我的離去不會對他造成太大的影響，他的心情很快就能平復。

□

離開前一天，俞立寒帶我去買了台鐵的六十元排骨便當和肥宅快樂水，然後去了大安森林公園。

坐在公園的長椅上，我打開便當，然後開始談起關於鋼彈系列裡的《逆襲的夏亞》，我一如往常地尖酸刻薄，取笑著其中幾句對白。

我是明天一早九點的飛機，也就是說，今天是我們最後一次出來了。

但我真的不想（好吧，是害怕）面對。

只不過，聰明如俞立寒，當然知道我在想什麼。

「……你怎麼又把排骨跟豆包夾給我？」我的便當瞬間變重不少。

「因為妳需要──」他說完，蓋上自己的便當，忽地一笑。「多吃蛋白質。」

我想起了他當時那一連串超搞笑的誤會，也笑了，但同時感到眼角濕潤。

不管是誤會也好，緣分也好，只要是跟俞立寒有關的，都好。

吃完便當後，俞立寒拿出相機。

今天見面時我看到他提著紙袋揹著相機，已經在猜他也許會想要我的照片。

但他開口後，我才發現會錯意了。

「……可不可以幫我拍張照？」他問。

我呆呆看著他，「拍照？」

他點點頭。

「拍照是沒問題，但要拍什麼？」

「我。」

「你？」我望著他。

他回望著我，平靜淡然。

「對，我。妳眼裡的我。」

後來光是教我調整小徠的設定，就花了不少時間。

看著他認真解說的樣子，我好難想像明天過後的我們會變成什麼樣子。

我曾經看過一本小說，很平淡的愛情故事，反正就是一對男女雖然喜歡對方，但因故沒有在一起，他們分隔兩地後，又在朋友安排的盲目約會中重逢，好在最後終於迎來圓滿結局。那真的是個非常平淡、相當日常的故事，但此刻我突然無比羨慕那對主角。羨慕他們別後重逢時，兩人的心意竟然都沒有改變。

但那只是小說，我和俞立寒，大概不會有那一天。

最後，我拍了一張他站在樹下的照片。

照片裡的他只是淡然地看著鏡頭，本來他努力試著微笑，但我說不用。

「你只要好好看著我就可以了。」

他皺著眉，「只要這樣就好？」

「嗯。這樣就夠了。」

□

我很久以前就跟俞立寒說好，不要去送我。

因此，現在是最後的最後了。

我站在家門前，手指無意識地玩著包包上的泡泡吊飾。

俞立寒終於把拎了一整天的紙袋放在門前地上。

「等等再看。」他說。

「嗯。」

我吸了口氣，「你要好好照顧自己。」

他勾勾嘴角，「妳才是。」

我垂下頭，咬著唇，沒有再開口。

「我一直記得妳說不要聯絡，但是……」

「……」

怎麼說呢，完全不期待他挽留是騙人的，只是理智上同時清楚，那只會讓一切變得更複雜罷了。

他的聲音從我上方傳來，「……不，抱歉。忘了那個『但是』吧。」

聞言我多少鬆了一口氣，同時閃過一絲失望。

我點點頭，沒抬頭，無法對上他的目光。

這時我的雙肩感受到熟悉的溫度。和以往一樣，在這樣的感受後，我閉上雙眼。

不同的是，這次的吻夾雜著我們無法控制的淚水，以及漫長的告別。

□

我直到洗完澡在書桌前坐下，才打開俞立寒給我的沉重紙袋。

裡面的「禮物」讓我笑出聲，同時也溢出淚水。

那是兩大瓶紙星星，上面還貼著一張紙條。

——絕對不止保妳三年。

有人說初戀很難有個好結局，因為年輕氣盛，大家都不成熟。

我跟俞立寒可以說是初戀界的奇葩，兩個非主流到極點的怪咖。不知道是不是因為這樣，所以我自認這並不算太差勁的結局，至少並沒有什麼背叛還是謊言存在。至於痛楚、遺憾、傷感，那當然有，但那並不是來自於對彼此的怨憎。跟戲劇裡那種慘不忍睹、痛徹心腑的血淋淋初戀相比，好得多了。

我只能說，希望，俞立寒日後想到我時，不會是太糟糕的回憶。

而我，會懷抱著這些美好，努力活著。

立寒

賭博原來是這種感覺。

賭未來，

賭緣分，

賭她會不會變，

也賭我自己。

ALEA JACTA EST

15

雖然已經在倫敦住了兩年，但我還是無法喜歡這個城市。

我本來就不是個開朗的人，這裡的天氣讓我一年中有至少一半的時間都處於很鬱悶的狀態。

更糟的是，都已經過了兩年，我當時來到英國的目的——跟老媽一起生活——可以說根本沒達到。

因為我到英國沒多久後，她自創品牌的宏大計畫就自爆了。

並不是她本人或者財務出了什麼大狀況，而是她的老東家，一個旅法叫什麼Yang的設計師跟某個叫慶什麼泰集團結盟創立新的品牌，重金禮聘老媽回鍋擔任首席造型顧問。而這份工作的地點，在巴黎。

目前還不知道要取什麼難唸名字的品牌，將由那個什麼泰集團未來的女繼承人和她未婚夫一起經營，一副聲勢浩大，想挑戰巴黎藍血時尚界的樣子——但聽說他們都是時尚界素人，這個什麼泰集團根本就是重工業起家，這我真的只能說有夢最美，有錢做夢更是美上加美。

總之，一聽到是這麼大型的企劃，老媽跟慶什麼泰派來的俊俏律師開了幾次會後，就爽快接受了offer（而且是在完全沒事先知會我的情況下）。老媽顯然對她未來的「首席造型顧問」title相當滿意，她竟然還在家裡開了派對，請那對律師夫妻來家裡暢飲香檳；那天晚上老媽不知道在High什麼，也不管人家律師夫人才喝了一杯香檳就滿臉通紅，還一直想灌她酒，拚命想要「賀成交」。

雖然老媽問我要不要跟她一起去她以前長住的巴黎，但一想到我連received pronunciation都還沒完全學會就要改學法文，我還是放棄了；再說，這裡的學校都已報名，老媽也真的買了房子。

那時我算是徹底體悟到一點：老媽她本人就是一隻沒有腳的鳥，只能不停往前飛行，無法停下。

算一算我在英國只跟老媽共度了不到兩個月的時間，然後，她、就、去、追、求、自、我、理、想、了。

但也不是沒有收穫。

雖然只相處了六十天不到，但從一開始的陌生，到後來的促膝長談，我至少消除了這些年來所累積的疑問。

如果以普世價值來看，老媽完全不適合婚姻和育兒。如今我最佩服的是童年時照顧我的爺爺奶奶，他們一次都沒有在我面前抱怨過老媽。既沒有說媽媽的壞話，也沒有怨嘆她把女兒丟給他們；現在想起來，他們的修養簡直算得上舉世無雙。

我當然可以選擇對於童年時缺席的老媽滿心怨恨，但那並不會讓我更快樂。我去過幾次她的工作室，看到她認真投入在熱愛的事物中，看她享受工作的樣子，我覺得這樣沒有什麼不好的。

至少比困在家裡，心情不好，整天找我出氣好，對吧？

也許老媽和我之間，最近的距離就是這樣的理解了。

當然，這兩年仍有好事發生。

比方說我成功地在這裡認識了新朋友，是一對同樣來自台灣的大學生情侶。Chris很帥但有點搞笑，整天擔心他心愛的Molly忘不掉前男友，會偷偷趁著打魔獸時上線聯絡前任，然後舊情復燃。不管Molly說了多少次她早就沒在玩線上遊戲，Chris都不太相信，整天問Molly「果然還是我比較帥吧」這種讓人不知道說什麼好的問題。身為旁觀者，我只能拍拍Molly的肩，說一句「這就是愛吧」。

另外一個我自認的「生涯進展」，就是我開始打工了。

雇主是同樣來自台灣的夫妻，我是他們家Lars的babysitter。Lars並不是常見的名字，來自拉丁語系（無知如我一開始還弄錯，以為是Mars）。反正派駐在這裡工作的楊先生說他不管，他堅持兒子的名字一定要跟楊太太的名字一樣以L開頭。然後這對異常恩愛的夫婦很常很常出門約會、看劇，因此光靠陪伴Lars，我就賺了不少錢（得意）。

但這些都不重要，最最最重要的是——我們鈞鈞終於跟我和好了。

這傢伙雖然上了一流大學，但沒去就讀，跑去美國遊學，然後在當地交了女朋友，直到那時，他終於從紐約寄了張明信片給我，我們這才恢復聯絡。

他說我走了之後，他跑去以前我們常去的CappuLungo打工，那家店如今成了有名的連鎖店——原來CappuLungo某家分店裡，竟然藏著某個大家都以為毀容消失、但實際上活得很好的大明星和他未婚妻，CappuLungo因此一夕爆紅，天天上新聞，店裡生意超好，快速展店。

之後某一次，他提到我們學校的頂樓突然又外借了。之前被我恥笑的無良數學老師不知道透過什麼關係，帶著被他伸出魔爪的女學生回來，兩個人借用頂樓舉行了小小的婚禮。嗯，看來以後不能隨隨便便評斷人家是無良教師了。

我在mail裡問他會不會回台灣讀書，但他似乎打算為了女朋友想辦法留在美國。他說他「未來岳母」在紐約開診所，是很有名的心理醫生，在她診所裡有一位很受歡迎的華裔醫生。受了那位醫生的影響，鈞鈞有點想改變志向，留在美國申請學校，攻讀心理系；他後來還附了他跟金髮女友、未來岳母去那位醫生家玩，跟醫生夫妻和愛貓的合照。他傳照片來時寫道：「看到沒，豪宅耶，在美國當醫生感覺很好賺！我覺得我以後搞不好能跟Dr. Wang一樣接到什麼電影專業顧問的案子，名字在好萊塢大片裡出現，再以後，退休時就去住比佛利山，車庫裡至少停滿十輛跑車！」

只能說果然是「極速領域」的重度愛好者，我們鈞鈞就算到了美國也完全沒變。

我後來只回他兩句：「一，你這年紀就已經在應付未來岳母，我真心佩服；二，一看照片就知道，那位Wang醫生根本是靠姿色來招攬患者吧？！」

結果，薛雅鈞只回我一串笑臉。

嗯，仔細想想，能夠和薛雅鈞和解，應該可以算是這兩年來我身上發生最好最好的事了吧。

□

至於俞立寒——

從我上飛機的那刻起，我們就真的斷了聯絡。

雖然輾轉從鈞鈞那裡聽說俞立寒也錄取了頂大，但並不清楚他後來的情況。

其實我並不特別想知道，原因非常簡單——即便已經過了兩年，我仍然忘不了他，害怕聽到他已經另有戀人之類的消息。

就說我自私自利又膽小了吧。

不過，我每天晚上睡覺前，都會打開一顆他送我的紙星星，把它拆開，攤平。

這是種儀式，作為平安度過一天的儀式。

應該是剛到倫敦時，某個跟老媽吵完架的晚上吧。

跟老媽一起生活後才知道，她在法國養成了隨手一杯紅酒的習慣，對我來說沒有什麼，那是她的事；問題在於，她很想訓練我成為她的酒友，每天都會拿出那些名字我根本唸不出來的酒莊珍釀，要我陪她喝。

起初我很開心，能跟媽媽一起小酌聊天，這是多寶貴的經驗，只可惜我不勝酒力；後來我意識到談心雖好，但我真的不懂「美好後韻飽滿果香」是什麼，就改喝薑汁汽水，但老媽很不開心。她認為在歐美生活，不懂紅酒很不方便，這也是學習的一種。簡單來說，我們就因為這樣而有些不愉快。

那是我長這麼大第一次跟老媽吵架。也是啦，之前沒一起生活，當然不可能有摩擦。

總之，那天晚上我很難過。

我坐在床上，抱著俞立寒給我的大瓶星星，手伸進瓶裡撈啊撈的。俞立寒摺的星星很妙，有的很大，有的很小。

後來我抓出幾顆星星，好奇他用的是什麼紙，每顆摸起來觸感都不同。

再接著，我倒了一床上的星星。

其中有一顆半透明，文字若隱若現。

我要再次強調，拆開星星並不是件容易的事，但我太無聊也太好奇了，就動手拆了一顆——裡面有字，而且是他的字。

「雖然想阻止妳喝快樂水，但如果真的快樂不起來，那就喝吧。」

第二顆外表看起來很一般的綠色亮光紙星星裡面也有字。

「累的時候想想我們曾經一起去看過的海岸，那裡的沙灘，那裡的風，那裡的一片藍，那裡的我們。」

有的表面看是白紙，裡面卻寫著聶魯達、艾略特的詩句；有的寫著「妳要好好的」。第一次費力拆開時，真的只是因為無聊，根本不知道他竟然還煞費心思寫了這些。

雖然已經沒有機會，但我真的很想問問他，如果我從來就沒想過要打開這些星星，怎麼辦？不過，我已經預想得到他會怎麼回答：他只會淡淡地淺淺地揚起笑，一語不發。

也許這種行為會在無形中更讓我無法重新開始，只是，我一點都不覺得現在的自己有什麼重新開始的必要。

我還喜歡他；

雖然只是自己一個人，在遠方，靜靜地喜歡。

□

今天也一如往常，我在睡前從瓶子裡挑出一顆紙星星。

大大的，桃色厚棉質紙星星。

不知道是不是紙質的關係，比其他顆星星明顯重了不少。

我放在掌心上下拋了拋，心想這人比我想像中還愛作怪。

不知道他到底花了多少時間做這些。

「那就來看看今天的會是什麼呢？」

這句自言自語也一如往常。

只是，接下來指尖觸碰到的卻讓我不禁驚叫出聲。

星星裡有東西。

是一枚銀指環。

□

## 60 Duke St, London W1K 6JD

第二天一早，當我走上樓時，發現那是一間敞開著門的攝影工作室。說是工作室有點太正式，更像是用來擺放畫作、攝影作品的空間。無修飾的水泥空間裡在角落堆放著各種尺寸的反光板，還有我喊不出名字的各種攝影照明器材、背景板和綠幕布。水泥裸露的挑高天花板已經斑駁不堪，看得出以前上方曾經有過石膏雕飾，不過現在只留下殘存的印跡，天花板正中間，垂掛著一盞簇新、華麗的水晶吊燈，跟空間裡的其他部分形成絕妙的反差。

我輕輕拍了拍胸口，告訴自己要冷靜。

「Hello？」

我開口，但沒有人回應。

我緊張地左顧右盼一會兒，再往深處走去。

我走進第二道敞開的門，從這裡開始，牆上掛著黑白攝影作品，一幅一幅，有大有小，我的心跳隨之加速。

在第四道門後，有一處約可容納一張雙人床的小空間，那裡垂著一盞未點亮的鎢絲燈球，陽光從大窗外灑入，窗下，有一幅被放大的黑白人像。

——真的是他。

我伸手進大衣口袋，緊攥著那枚銀指環，開始加快腳步。

我當然沒戴上那枚指環，怎麼能自己戴呢。

穿過長長的走廊，接著來到一處飄著白色窗紗的純白色大房間，這房間相當大，鋪著人字形的淺橡木地板，但這些都不重要——

重要的是——

純白色的房間角落有張工作桌，一束高挑的人影戴著B&W的耳機，背對著我，正在整理桌上的相片。他穿著我之前就看過的深灰色半高領針織衫，和以前一樣很能突顯身材優勢的小直筒牛仔褲，他對衣著的品味喜好完全沒變。

我用手抹去止不住的淚水，努力忍住顫抖，悄悄走近。

即使戴著耳機，背對著我，但不愧是熱愛攝影的人，當我的動作影響到室內光源時，他察覺到了。

俞立寒轉身，和我四目相接。

他變了，變得更成熟，更沉穩；但也沒變，還是一樣淡然自若，而且略帶面癱。

我，真的，很喜歡很喜歡俞立寒此刻的神情。

他一點也不訝異，彷彿我的出現再合理、再日常不過。

更像是，我從來未曾離開。

此刻的我，只是好想好想大叫——

你這個笨蛋面癱王！

你哪來的信心我一定會拆開紙星星，而且還真的會來找你？！

如果我一直沒想到要拆開紙星星，又或者一直一直沒拆到那顆星星，你要怎麼辦？！如果如果我變心了，你又要怎麼辦？！

但我此刻無法言語，只是捂著嘴，不自主地微微弓起背，免得痛哭出聲。

俞立寒摘下頭戴式耳機，扔在桌上，眼中寫滿理解和溫柔，以極慢極慢極慢極慢的速度揚起淺笑，是我看過最最最好看的一次。

他緩緩張開雙臂。

「——我就知道妳一定會來的。」

And I am yours now
So now I don't ever have to leave
I've been found out
So now I'll never explore

*The End*

# 後記

大家好久不見！

不知不覺已經是第十本作品了，好像應該要寫點什麼了不起的感想，但其實不太知道如何下筆。

首先要謝謝大家的支持，更感謝出版社在如此的書市寒冬，還願意出版這個故事，謝謝所有讓這本書得以面市的出版同仁，再次感謝。

除此之外，謝謝某君捐（？）出他的徠卡相機和鏡頭讓本Xi參考，但實在很不好意思告訴他，那些細節描寫在交稿時都被本Xi刪光了XDDDD。也謝謝接案先生的Vespa和相關資料提供，他還很搞笑地想幫忙加台詞，寫了一段給本Xi當參考，好在（？）那時本Xi已經寫完了。要是沒有這兩位深明大義兩肋插刀（誤）的好心人，這本作品在許多細節上就只能糊弄帶過XDDD。

說回故事本身，本來想寫一個輕輕鬆鬆的校園青春故事，但本Xi好像老是跑題啊哈哈哈哈。然後，交稿時發現這本的自白有點多，請大家不要覺得柴柴太囉嗦，也請多多包涵這個內心戲很多，但想法又都寫在臉上的笨女孩吧。

至於立寒，嗯，其實一開始寫了他父親的故事，但本Xi絕對不會告訴大家立寒爸爸到底許配給了誰。（謎之音：完全沒有人想知道！）總之，結論，也就是說，本Xi覺得，嗯，我們立寒真是個好青年（這麼隨便可以嗎XDDDD？）好啦認真一點，立寒其實跟柴柴很像，兩個人都是窩在自己世界裡就能活得很好的類型，雖然他有嚴重的臭臉面癱綜合症，但跟自以為是的男生相比，立寒應該好一點吧（自己說）。

至於我們鈞鈞，在寫作時責編大人認為給了他太搶眼的開場，責編大人的意見很中肯，不過後來本Xi決定保留鈞鈞的華麗出場，作為柴柴的重心轉向立寒的對比。另一方面，鈞鈞的個性可以說是這個故事裡最貼近現實的，身為作者，希望他以後在美國也能過上好日子啊（到底亂講什麼XD）。

另外故事裡提到的兩部電影，1964年版的片名是dead ringer，沒有"s"，但1988年的是dead "ringers"，有"s"。這不是編輯或校對弄錯，特此說明XD。

「鉛黃電影」，指的是上世紀義大利製作的特殊風格的謀殺、恐怖驚悚電影。通常將驚悚小說的氛圍和懸疑與色情元素融為一體，並且通常涉及一個神秘殺手，直到電影的最後一幕才透露其身分。

故事後半出現的名言「ALEA JACTA EST」是尤利烏斯·凱撒的名言，意為

「骰子已被擲下」。西元前49年1月10日，在反覆權衡之後，凱撒帶兵渡過了盧比孔河，對龐培和元老院宣戰。在渡河前，凱撒說出了這句話，也就是「已經不能回頭了」。

在書寫這個故事時，其實本Xi帶著一種近似於告別的心情（理由就暫且不提），因此安排了一段本來就會分離的戀愛。怎麼說才好呢，嗯……也可以說是反映了作者本人的想法吧。

總之，不知道何時還會跟大家再相見，希望大家都能平安順利，也希望這個故事能帶給各位一段美好的小時光，愛泥們！

P.S.如果發現小小彩蛋的話，歡迎來留言喔♥♥♥

袁晞

*All about Love / 38*

那年夏天，在你心上

國家圖書館出版品預行編目資料
那年夏天，在你心上 ／袁晞 著.
— 初版. — 臺北市 ： 春天出版國際, 2023.03
面； 公分. —（All about Love ；38）
ISBN 978-957-741-515-8（平裝）
863.57 111003506


ISBN 978-957-741-515-8
Printed in Taiwan


作　者　袁晞
總編輯　莊宜勳
企劃主編　鍾靈
責任編輯　黃郁潔

出版者　春天出版國際文化有限公司
地　址　台北市大安區忠孝東路四段303號4樓之1
電　話　02-7733-4070
傳　真　02-7733-4069
E－mail　frank.spring@msa.hinet.net
網　址　http://www.bookspring.com.tw
部落格　http://blog.pixnet.net/bookspring
郵政帳號　19705538
戶　名　春天出版國際文化有限公司
法律顧問　蕭顯忠律師事務所
出版日期　二〇二三年三月初版
定　價　330 元

總經銷　楨德圖書事業有限公司
地　址　新北市新店區中興路二段196號8樓
電　話　02-8919-3186
傳　真　02-8914-5524